BIBLIOTHÈQUE PROTESTANTE

QUELQUES ESQUISSES

DE

VIES DE FEMMES

TRADUIT DE L'ALLEMAND

DE MADAME OTTILIE WILDERMUTH

PAR

MADAME DUSSAUD

PARIS

LIBRAIRIE DE CH. MEYRUEIS ET Cᵉ, ÉDITEURS

RUE DE RIVOLI, 174

QUELQUES ESQUISSES

DE

VIES DE FEMMES

PARIS. — TYPOGRAPHIE DE CH. MEYRUEIS ET Cᵉ

RUE DES GRÈS, 11

QUELQUES ESQUISSES

DE

VIES DE FEMMES

TRADUIT DE L'ALLEMAND

DE MADAME OTTILIE WILDERMUTH

PAR

MADAME DUSSAUD

PARIS

LIBRAIRIE DE CH. MEYRUEIS ET Cᵉ, ÉDITEURS

RUE DE RIVOLI, 174

1862

CORRESPONDANCE

D'UNE

JEUNE FILLE

I

Bien chère Julie,

C'est à peine si j'ai le courage de prendre la plume, tant je suis effrayée par la distance qui nous sépare maintenant (et pour combien de temps ?).

Toi, loin de moi, toi, qui comprends jusqu'au moindre battement de mon cœur ! Je suis pourtant encore entourée de cœurs amis, Clara, Ida, Henriette, Irénée, toutes des amies intimes; néanmoins je ne laisserais aucune d'elles lire dans les derniers replis de mon cœur; tandis que toi!!!... Mais à quoi serviraient les plaintes et les gémissements?

J'ai peu de choses nouvelles à te raconter. Toujours la même routine dans les leçons, musique, italien, physique, astronomie!... et enfin le chant avec Almorini!... Quant au reste, anglais, français, dessin, je m'en occupe seule!... Quel dommage que toutes ces leçons coûtent si cher à ma bonne mère!... Mais elle dit elle-même que c'est un capital pour l'avenir. Je ne sais comment nous faisons pour être toujours à court d'argent; nous avons beau vouloir économiser, l'argent est dépensé avant que nous ayons pu trouver l'article sur lequel il faudrait faire une réduction.

Ma pauvre mère se mine en calculs inutiles, puisque la seule chose positive et bien prouvée, c'est que la caisse est vide!...

Bonne chère maman, qui a été élevée dans l'aisance et le luxe, et qui, maintenant, se voit réduite à faire usage de ses talents et de ses connaissances pour élever ses enfants!

J'espère plus tard me procurer une brillante position, comme institutrice en Russie ou en Angleterre, et alors ma mère ne manquera de rien; je lui rendrai au centuple tout ce qu'elle aura fait pour moi. On m'a bien déjà tenu quelques discours sur la pédagogie en général, mais je ne me sens pas portée vers les anciennes méthodes d'enseignement; je voudrais montrer comment, par l'éducation première, j'aimerais élever une princesse, par exemple... On peut contribuer au bonheur futur de tout un État... Ce rêve est peut-être un peu enfantin ; mais s'il m'était donné de le réaliser, quelle joie !...

Si seulement tu avais été dimanche dernier à l'église avec moi ! M. Lambert nous a fait un admirable sermon sur la lutte du chrétien et sa victoire !... C'était une réponse aux besoins les plus intimes de l'âme... J'avais pris quelques notes que je voulais mettre au net le soir pour te les envoyer ; mais on jouait *Don Juan*, et, quoiqu'il m'en coûtât d'entraîner maman en une si grosse dépense, elle insista pour que j'y allasse, regardant cela comme un complément de mes études musicales. La Mina chanta d'une manière ravissante ! Elle se surpassa elle-même... Ah ! mais j'oubliais ; mes notes étaient un peu effacées ce matin, et il faudra une autre fois que je trouve du temps en sortant du sermon.

Je m'occuperai de ton chapeau, mon amour, aussitôt que le mien sera prêt, afin qu'ils soient tous deux exactement pareils ; c'est essentiel, tu comprends.

Le mien est blanc ; sur le côté un camélia ponceau au feuillage de velours ; cela le renchérit horriblement ; mais maman trouve qu'il y a de l'économie à prendre les choses les plus fines ; ainsi mes épis de l'an dernier sont comme neufs, et pourront servir encore, si jamais les guirlandes reviennent à la mode.

Voici mon papier rempli, et que de choses j'aurais à te dire! Maman me gronde de rester tant assise. Le docteur prétend que je dois prendre du mouvement, que je suis pâle, etc. Me promener dans le jardin dont je connais chaque plante et chaque feuille, comme c'est récréatif... Je suis pâle, étirée peut-être; qui sait si je ne suis pas atteinte de consomption? Serais-je la première fleur moissonnée dans son plus beau printemps! Oh! ma chérie! toi, du moins, tu ne m'oublierais pas, si je devais partir si vite, et quand tu viendrais pleurer sur ma tombe, mon ombre serait encore bien près de toi.

Il faut fuir, il est six heures; nous avons une petite réunion française, et tu sais que j'ai la faiblesse d'aimer le thé très chaud.

Au revoir, bienheureuse, qui peux te reposer au sein de la nature, dans tes belles montagnes; maman te salue. A la hâte. Ta fidèle

FANNY.

Si tu n'as pas commencé à broder ton col, laisse-le de côté, il n'est plus de mode.

II

Ecoute, et crois si tu peux, ma bien-aimée!...
C'est la dernière lettre que je t'écris de la ville;
je pars pour la campagne, entends-tu, pour la
campagne!

Voici comment cela s'est fait... Ma mère savait
presque aussi peu que moi que mon père avait
quelque part dans le pays un vieux oncle propriétaire, qui avait désapprouvé le mariage de
mes parents, et dont depuis lors on n'avait plus
entendu parler... Pour la première fois (depuis
le déluge peut-être), cet oncle vint à la ville la
semaine passée, et voulut savoir ce qu'étaient
devenus la femme et les enfants de son neveu.

Il a l'air d'un bien brave homme, mon oncle,
un peu excentrique, un peu... je n'ose pas dire
le mot grossier; mais je suppose que tout le
monde est ainsi à la campagne; bref, il me semble un peu *matériel!* Il témoignait son affection
à ma mère en pourvoyant en secret son garde-
manger, de vin, de saucisses; un jour il sortit
triomphalement de sa poche un gros lièvre!

L'intention était bonne, et il m'a rendue bien
heureuse en m'engageant à passer un temps in-
défini chez lui.

—Ma nièce, a-t-il dit à maman, vous allez me donner cette pâle fillette pour lui rougir les joues à notre bon air des montagnes; il ne lui sera pas non plus inutile de voir où pousse le blé, et d'où vient le lait.

Ce fut une direction providentielle pour ma pauvre mère, qui depuis longtemps se tourmentait pour trouver un moyen de m'envoyer à la campagne; elle consentit de suite, et moi..... j'aurais été capable d'en sauter de joie!

L'oncle repartit de suite, et demain je le suivrai, mes préparatifs étant à peu près terminés.

Ma bonne mère! elle a vendu sa parure de noces, qu'elle me réservait pour mes fiançailles, afin de me faire un trousseau convenable. Pauvre maman! elle ne sait pas que son enfant a depuis longtemps renoncé à tout rêve d'amour, pour ne vivre que de poésie et d'amitié.

Déjà tout est emballé; deux grands coffres, trois caisses, un carton à chapeau, un sac de nuit, un nécessaire et quelques petits paquets contiennent tous mes effets. C'est *lui* qui a accordé ma guitare pour la dernière fois. C'est peut-être beaucoup de bagages, mais je n'ai pu me résoudre à rien laisser de mon ancienne garde-robe, pas même ma robe de mousseline qui restera au fond du sac, afin qu'on ne m'accuse pas de viser aux plaisirs et aux dissipations. Il a fallu aussi des vêtements simples et solides, puisque je dois aider ma tante dans le ménage. Douze tabliers de cuisine, une douzaine de manches, des sabots ravissants, et enfin une robe imperméable que maman a voulu absolument me faire. Pourquoi? je ne puis le découvrir, à moins qu'il y ait une inondation, et que je concoure au sauvetage de mon prochain.

J'ai emporté toute une bibliothèque. Des livres d'enfants avec lesquels je pourrais instruire d'ignares petits villageois; mes chers poëtes, mes trésors, dont la lecture me sera doublement précieuse au bord de l'eau près des tilleuls frémissants sous la brise du soir... Mes livres anglais, français, italiens... et la musique qu'*il* m'a lui-même choisie!

Mon chapeau de jardin est délicieux : grand, très grand; ses ailes, avec leurs longs rubans bleus, ressemblent aux flots de la mer quand le vent les agite.

Ne crains pas que les occupations champêtres me soient à charge! je me réjouis de distribuer du grain aux poules, de traire les vaches, de faire le beurre; il est singulier que maman n'ait pas voulu me permettre d'emporter une baratte neuve; la tante sûrement aurait été flattée de voir quelle bonnes dispositions de ménagère m'animaient en arrivant chez elle.

Encore une chose, ma bien-aimée; pour la première et peut-être la dernière fois, laisse-moi te parler de ce que tu as deviné, de mon doux et triste secret. Je quitte la vie si ennuyeuse et monotone de la ville, mais je *le* quitte aussi... Quelle douleur! Et sais-tu bien qu'il m'a parlé deux fois et moi une à la dernière leçon de chant où j'osai lui annoncer mon départ! Il ne se doutait pas pourquoi ma voix tremblait! Nous restâmes froids et comme étrangers l'un à l'autre; lui, le professeur; moi, l'élève! Quelque amère que soit la séparation, il vaut mieux pour moi ne plus le voir.

J'ai bien rêvé une fois..., rêvé, entends-tu; j'ose à peine l'écrire... que j'étais à lui... Quel avenir s'ouvrait devant moi! Je sais bien que lui aussi est pauvre; mais c'est justement ce qui rend les sacrifices mutuels possibles et d'autant plus délicieux. Il a du talent; et moi, avec quel bonheur j'aurais donné des leçons tout le jour et passé même les nuits à travailler... pour lui! Nous aurions pris maman avec nous... et un sourire de *ses* lèvres (te souviens-tu de ces lèvres si finement dessinées sous ces jolies moustaches noires?) m'aurait dédommagée de tous mes travaux, de toutes mes peines...

Hélas! cela n'est qu'un rêve! Tu reviendras

bientôt en ville pour tes leçons de chant ; pense
un peu à ta

FANNY.

Envoie-moi par la première occasion Thomas
A-Kempis... et ton large ruban bleu pour la guitare. Tu prendras mon rose à la place ; il me
semble que chapeau et guitare doivent être ornés
des mêmes couleurs.

Ma prochaine lettre sera datée de Stauffenberg ;
quel nom romantique ! Je me représente très bien
le château de mon oncle ; certainement on me
casera dans une tourelle ; ce sera bien un peu
isolé, un peu effrayant ; mais je serai brave.

III

Stauffenberg.

Je suis enfin ici, chère amie, et je ne puis
m'expliquer comment je suis ainsi en retard pour
t'écrire ; tout est si contraire à ce que mon imagination m'avait dépeint... ; mais c'est très joli,
très campagne. Je suis arrivée vendredi, la voiture de l'oncle m'attendait à la porte, avec un
vieux domestique qui a commencé par grogner
à la vue de tout mon bagage ; il l'a empilé de

1*

son mieux, et m'a déclaré qu'il me fallait prendre ma caisse de guitare sur les genoux ; sans ce dernier trait qui m'a semblé comique, j'aurais été un peu vexée de sa manière de faire.

Enfin nous voilà installés et partis. Bientôt après nous arrivons. Le château... Ah! Julie, ce n'est qu'une maison longue, étroite, percée de beaucoup de fenêtres ; quelques sculptures sur le portail, au-dessous des gouttières pour tout ornement. Et encore ce bâtiment est-il au beau milieu des champs, entouré uniquement de blés, d'avoines, et d'un jardin potager. Oh! ma chérie, jamais il n'a pu se passer rien de poétique dans cette maison-là.

Mon oncle et ma tante m'attendaient sur la porte et me reçurent très bien ; je fus bien aise de connaître mon oncle, car sa femme a quelque chose de sec ; elle est âgée et n'a jamais dû être belle ; elle se met très simplement, mais avec un ordre et une propreté remarquables. Tout sur elle a l'air neuf, et pourtant j'ai vu plusieurs reprises à sa robe.

J'ai cru que mon oncle allait mourir de rire en voyant tous mes paquets ; et lorsque enfin je sortis de la voiture avec le pliant brodé que nos amies de pension m'ont donné pour mes excursions champêtres, ma boîte à couleur, et une foule de petits objets, le rire devenant contagieux,

gagna le valet, de telle façon que les larmes me
vinrent aux yeux. La servante seule considérait
le tout avec respect. Un jeune homme, qui n'a
pourtant pas la tournure d'un paysan, quoiqu'il
en porte les vêtements, prit les coffres et quelques paquets, et le tout fut bientôt monté dans
ma chambre. Ma tante m'offrit de très bon thé,
et peu après je me sentis assez à mon aise. C'est
pourtant tout autrement que j'avais rêvé. En
quoi cela diffère-t-il?... Je ne le sais pas encore
bien moi-même.

Le jeune homme n'est ni plus ni moins que
mon cousin, quoiqu'il n'en ait pas l'air; il est le
petit-fils de mes hôtes, ses parents sont morts. Il
ne serait pas trop mal, mais il paraît tout à fait
inculte au moral; et puis, figure-toi, c'est à peine
si j'ose l'écrire, mais tu ne le diras à personne...
il s'appelle Tobie. C'est par trop paysan, n'est-ce
pas? tu garderas pour toi cette confidence. Que
diraient nos amies si elles savaient que j'ai un
cousin répondant au nom de Tobie!

J'habite une petite chambrette, pas du tout
effrayante. Je ne me sens pas encore complète-
ment chez moi, mais cela viendra, parce que ma
tante est très bonne.

Et toi, tu es maintenant de retour en ville! Et
nous pourrions être réunies si je n'étais pas ici!
Fais mille amitiés pour moi dans ton entourage,

et à la leçon de chant ne m'oublie pas quand tu
verras ces beaux yeux noirs si profonds où s'est
enseveli mon bonheur... Je ne te dis pas de le sa-
luer pour moi; je n'ose pas même le faire en rêve.

Porte-toi bien et pense à ta

FANNY.

Si tu vois quelque chose de nouveau en tabliers, écris-le-moi, car ici on en met pour sortir.

IV

Tout me paraît maintenant plus agréable qu'au
début, quoique loin de réaliser mes rêves; mais
les rêves se réalisent-ils jamais dans la vie?...

La position de Stauffenberg est riante; le jardin serait assommant avec tous ses légumes;
mais j'ai la permission d'y semer des fleurs tant
que je voudrai; et j'en profiterai aussitôt que je
serai complétement installée.

Mon déballage ne va pas vite; je ne sais quand
j'aurai tout arrangé et repassé...; or, comme on
ne repasse ici qu'après les grandes lessives, c'est
une chose bien difficile à obtenir qu'un bon fer
bien chaud; tante porte toujours des robes grises
et des bonnets unis... Et mes ouvrages à l'ai-

guille! j'ai commencé à me festonner une, robe
de matin, et tu sais combien cela prend de temps!
Le soir, je me fais au crochet un petit tapis pour
orner un peu ma chambrette; en sorte que je suis
occupée tout le jour, et que j'ai peine à trouver
du loisir pour la musique ou les langues.

Mon oncle a un goût particulier pour la musique. Dernièrement, en revenant des champs où
il va toujours lui-même, il me dit :

—Voyons, ma petite, joue-moi quelque chose...

Je répondis que je n'avais pas encore déballé
mes cahiers...

— Quoi? s'écria-t-il, tu ne sais rien par cœur?
joue une valse, une marche, c'est ce que je préfère.

Je lui dis que je ne jouais que des sonates, de
grands morceaux, et que mon professeur n'aimait pas que j'apprisse par cœur. Si tu avais pu
voir alors son mécontentement !

— A quoi sert, dit-il, de dépenser tant d'argent, si vous ne parvenez pas même à jouer
quelque chose de raisonnable?

La tante eut beaucoup de peine à le calmer...

Je vois mon cousin rarement; le matin il est
aux champs quand je descends; à midi, il s'arrête
à peine; le soir seulement il reste auprès de nous
et fait parfois la lecture; je dois avouer que ses
livres m'ennuient; ce sont des biographies ou des

ouvrages d'agriculture, et le dimanche toujours
et sans varier sa grosse Bible. C'est singulier chez
un jeune homme; je comprendrais encore un
livre de piété, mais la Bible!... Aussi, quand on
l'appelle Tobie!...

Tu sais que je dois apprendre l'économie; mais
je n'y ai pas encore songé. Tout le monde m'a
ri au nèz quand j'ai demandé si je devais traire
les vaches, et que j'ai déploré de ne pas avoir
apporté la fameuse baratte!

— Ne t'inquiète pas de cela, dit la tante,
c'est l'ouvrage de la servante.

Il faut convenir que la seule et unique visite
que j'aie faite à l'étable ne m'a pas donné la
velléité de recommencer, et que Tobie, en me
voyant porter un mouchoir parfumé sous le nez,
s'est mis à rire comme un fou... J'ai voulu faire
du beurre; impossible de manier les lourds us-
tensiles... Les poules ont déjà déjeuné et courent
les champs quand je me lève.... A la cuisine, je
ne puis guère me rendre utile, quoique ma tante
s'en occupe beaucoup, parce que je n'aime pas
ôter mes gants, à cause des horribles mains qu'on
se fait... La tante sourit et dit que peut-être cela
ira mieux plus tard.

Ma tante est une femme à part, quelque chose
de sec, peu de paroles, pas de précipitation, et
pourtant tout se fait sans bruit, et comme si

un génie bienfaisant lui venait en aide ; tout est propre et rangé partout où elle passe. Elle porte des sabots, et elle marche si légèrement, qu'on ne s'en aperçoit pas ; son habillement gris semble toujours neuf ; et quand elle a fini sa cuisine, elle met un bonnet et un fichu si éblouissants de blancheur, qu'elle est charmante... quoique très peu à la mode. Elle ne parle pas souvent à son mari, mais il est joli de voir ses prévenances et ses attentions pour lui, et la confiance qu'il lui accorde. « Demandez à ma femme, » répond-il invariablement ; et si quelque visite du voisinage parle de ses affaires ou de ses soucis domestiques : « Adressez-vous à ma femme, elle a une méthode inimitable pour toutes choses. »

Mon oncle est bien bon pour moi, et même amical ; je remarque cependant qu'il ne fait pas grand cas de moi ; certainement, parce que je ne ressemble pas à sa femme. Autres temps, autres mœurs.

Il est curieux de voir comme mon oncle voudrait me forcer à manger ; je ne sais comment me défendre contre les avalanches de viandes grasses, de légumes, de fritures, etc., qu'il dépose sur mon assiette, et sans ma tante qui fait tout doucement disparaître ces provisions amoncelées que je regarde avec désespoir, je serais morte cent fois d'indigestion !

Au total, je suis heureuse ici, et ce n'est pas seulement avec résignation que j'écris des lettres satisfaites à maman. Oh! chérie, comme je l'ai comprise! Un cœur, une âme, un amour, une douleur sans espoir, nous avons tout partagé, tout nous unit pour l'éternité!

Je n'ai fait encore aucune connaissance un peu intime; les dames qui sont venues voir ma tante ne parlent que de savon ou de chandelles, de lin ou de chanvre, de fruits ou de moût, comme si la vie en dépendait; les jeunes filles sont nulles, sans tenue, ni valeur réelle.

Ma lettre devient un volume; bonsoir; n'oublie jamais ta

FANNY.

V

Notre vieille maison n'est pas tout à fait sans mystères, comme je le croyais; j'ai fait une charmante découverte que je veux te communiquer. Je t'avertis que c'est presque comme la *Belle au bois dormant*.

La maison est immense et l'étage supérieur presque inhabité. Un jour, au jardin, je remarquai d'une des mansardes une lumière qui bril-

lait, à une heure où personne de la maison ne
pouvait s'y trouver. Cela excita ma curiosité, et
je me décidai à approfondir la chose moi-même ;
je partis donc à la découverte. Je montai leste-
ment l'escalier ; le cœur me battait bien un peu
en touchant le bouton de la serrure ; néanmoins
j'ouvris, et je vis une petite femme à cheveux gris
qui cousait fort tranquillement. Je fus si surprise
lorsqu'elle leva la tête pour me regarder au travers de ses lunettes, que je poussai un cri et que
je me précipitai en bas de l'escalier jusqu'à la
cuisine où je trouvai ma tante.

— Tante, quelle drôle de petite vieille j'ai découverte !

— Où donc, mon enfant ?

— En haut, tout en haut d'une mansarde ; elle
a une lampe et elle coud !

— Oh ! la petite nigaude ! se mit à dire tante
en riant ; c'est tout bonnement Marianne, notre
vieille couturière.

— Mais pourquoi n'en ai-je jamais entendu
parler ?

— Et pourquoi t'en aurait-on parlé ?

— Mais pourquoi demeure-t-elle si haut et ne
descend-elle jamais ?

— Elle habite la mansarde depuis qu'elle est
entrée au service de ma belle-mère, et ne des-
cend plus, parce que ses forces ne le lui permet-

tent pas... Demain tu pourras lui faire une visite
et t'assurer qu'elle n'a rien de surnaturel.

On se moqua beaucoup de moi et de ma découverte; le lendemain je montai et j'examinai
toutes choses. Marianne est une bonne vieille fille
d'au moins quatre-vingts ans, qui, nonobstant
son grand âge, au moyen de ses lunettes, peut
raccommoder les choses les plus fines; elle passe
sa vie sur un escabeau de bois, une pelote et ses
bobines rangées en bataille devant elle, une corbeille à droite pour le linge déchiré, une corbeille
à gauche pour celui qui est raccommodé; sur sa
fenêtre, un romarin et un œillet... On lui monte
ses repas, et c'est la seule occasion qu'elle a de
causer un peu, excepté lorsque tante va la voir
un moment le soir.

J'avais fait le matin un accroc à ma robe; la
veille j'en avais brûlé une autre; mes bas avaient
bien besoin d'une main plus habile que la mienne.
Je portai joyeusement le tout à Marianne. Il s'est
établi une sorte d'amitié entre elle et moi; je vais
la faire causer un peu les jours de pluie. Il est
doux de se dévouer pour son prochain, et sûrement mes visites sont un rayon de soleil dans
cette vie monotone.

Néanmoins, ma chère, je te dirai en confidence
que jamais, mais jamais, je ne me sentirai tout
à fait à l'aise ici, au milieu de ces braves gens,

qui ne me comprennent pas du tout, du tout.

Mon oncle est encore un bien bel homme, malgré sa calotte de velours et ses cheveux gris ; toujours content, toujours gai ; mais ses plaisanteries m'embarrassent souvent. Il m'est pénible de le voir insister pour que Tobie et moi nous disions *toi* ; c'est impossible... Tante est très bonne, mais vraiment trop occupée ; je ne comprends pas pourquoi elle a des domestiques, puisqu'elle fait tout elle-même. Quand je vais avec mon ouvrage dans le bosquet, et que je la vois ainsi travailler, il me semble que c'est un reproche muet. Je lui ai bien offert de l'aider, mais quand elle m'a priée d'arroser, je me suis tellement mouillée que j'ai dû aller vite changer de toilette, et quand je suis revenue avec ma robe imperméable, si laide et si désagréable, tante avait fini toute seule.

Tobie me gêne prodigieusement avec ses deux grands yeux toujours fixés sur moi ; je ne crois pas qu'il songe à quoi que ce soit, avec ses gros yeux gris, fades et stupides ; mais il m'ennuie, et ses remarques aussi. Mon oncle me cria l'autre soir d'apporter la soupe :

— Oh ! non, dit Tobie, Fanny gâterait ses gants ; grand'mère le fera bien.

Qu'a-t-il à y voir ? Cela le regarde-t-il seulement ? Je ne suis pas oisive, puisque ma robe est toute festonnée, et que j'ai commencé à broder un bonnet pour ma tante.

Chaque fois que je veux un peu causer avec lui, il me démonte par ses platitudes. Il n'a rien étudié, pas même le français.

Je descendis dernièrement de ma chambre les *Paroles des Femmes*, de Heiden; Tobie les lut assez bien, et quoique mon oncle eût dormi plusieurs fois, il approuva l'ouvrage.

— Madame Irmengard n'est pas mon idéal, dis-je pour rompre le silence.

— Voulez-vous nous dépeindre votre idéal féminin, Fanny? dit Tobie.

— J'aimerais mieux d'abord connaître le vôtre, répondis-je, ne voulant pas profaner mes aspirations vers la perfection en les exposant à des gens si peu faits pour les comprendre.

— Mon idéal, dit-il, n'est pas difficile à trouver : c'est grand'mère.

— Naturellement, dis-je un peu vexée et avec trop de vivacité, comme je m'en aperçus plus tard, la femme qui vous paraîtra la plus parfaite est celle qui lave, coud, cuisine, plante et file.

— Ce n'est pas parce que grand'mère lave, coud, cuisine, plante et file (ce que vous, cousine, ne savez même pas faire), mais parce que sa première préoccupation est de contribuer de tout son pouvoir au bonheur des autres; qu'elle agit toujours sous le regard de Dieu en pensant non-seulement à la vie présente, mais aussi à l'éternité. Bref, si vous voulez que je vous dise quelle est à mes yeux la femme la plus parfaite, c'est celle qui s'oublie le plus elle-même, et qui met le mieux à profit les talents qui lui ont été confiés.

Je ne comprenais pas vraiment comment le taciturne Tobie avait pu en dire si long en une seule fois.

— En sorte que, lui dis-je en retenant mes larmes avec peine, vous ne faites aucun cas de l'instruction, des talents d'une femme, acquis même dans le but de se créer une existence?

— Assurément, reprit-il plus doucement, il y a des cas où c'est un devoir de s'appliquer à développer l'intelligence et les talents; mais, croyez-moi, sans dévouement et sans abnégation la femme ne sera jamais complète ni comme institutrice, ni comme femme de ménage.

Ma tante rentrait dans ce moment.

— Viens vite, lui cria mon oncle, mettre la paix entre ces deux enfants, qui vont bientôt se prendre aux cheveux, parce que Tobie n'admire pas les jeunes filles qui parlent quatre langues et se mêlent d'astronomie!

Je quittai la chambre très vexée; je ne comprends pas comment cet être si ignorant peut m'occuper assez pour que le seul souvenir de ses observations m'irrite encore...

Bonsoir, chérie... Toi, toi seule me comprends quand tout le monde me méconnaît. Adieu.

N'oublie pas de m'envoyer le dernier numéro du *Journal des Modes*.

VI

Tu n'as aucune idée, ma chérie, de la longueur des jours de pluie à la campagne! Mais ici personne n'a l'air de s'en douter.

Tante range et arrange ses chambres, ses armoires, qui sont parfaitement en ordre; j'ai voulu lui offrir mes services, mais en la voyant ensevelie sous des monceaux de toile, de coton, de paquets de toutes sortes, je me suis sauvée; ma tante avait l'air parfaitement heureux, et m'a assurée, au dîner, qu'il était bon de faire de temps à autre un inventaire de ses richesses. Pour mon compte, quand je la vois serrer soigneusement une vieille couverture qui a appartenu à son arrière-grand'mère, une perruque rongée de vers qui ornait la tête de son grand-père, une bande tricotée par une tante du siècle passé, je ne lui conteste pas cette jouissance intime qui paraît la rajeunir, mais je me dis que si *mes* richesses consistaient en de si misérables reliques, je ne demanderais qu'une chose, ce serait d'en être débarrassée à tout jamais. Elle m'a fait cadeau d'une pièce de toile pour faire des chemises pour maman ; c'est bien aimable, mais je ne sais vraiment pas où je trouverai du temps pour une telle entreprise.

L'oncle lit et relit un vieux in-folio : *Le sage et prudent Père de famille !* Que cet ouvrage lui convienne, rien de mieux ; mais que Tobie en écoute la lecture et en regarde les gravures avec plaisir, cela me paraît presque de l'hypocrisie ; en outre, mon cousin dessine un plan de la propriété, ce qui l'absorbe corps et âme. Au milieu de tous ces gens prosaïques, ta pauvre Fanny est seule, toujours seule avec ses larmes, ses doux souvenirs. Je suis encore en délicatesse avec Tobie ; j'aurais pu peut-être lui pardonner son amère injustice de l'autre jour : m'appeler *égoïste !* moi qui n'ambitionne un heureux avenir que pour rendre ma mère heureuse !... il est pourtant dur d'être toujours méconnue... mais il ne cesse pas de me blesser. Dernièrement il vint des visites, deux vieilles dames avec leurs filles ; tu ne peux rien imaginer de plus assommant. Je me réfugiai dans le bosquet avec un de mes chers livres italiens. Tout d'un coup Tobie apparaît devant moi.

— Il y a des visites au salon, cousine, me dit-il d'un ton magistral.

— Je le sais, dis-je négligemment.

— On sait que vous êtes ici, poursuivit-il, il semblera extraordinaire que vous restiez seule au jardin.

— Je ne trouve pas nécessaire, répondis-je vivement, de perdre mon temps dans une société qui ne me comprend pas et qui ne peut me procurer ni plaisir, ni aucun avantage intellectuel.

Je ne pouvais pas lui dire que ces dames, et même ces jeunes filles, ne savaient parler que de petits enfants, de layettes, de nourrices, etc.

— Etes-vous bien sûre de ce que vous avancez? continua Tobie. Mathilde, l'une de ces demoiselles, a longtemps soigné ses vieux parents, travaillant de ses propres mains pour pourvoir à leur entretien, et Sophie, la fille du bailli, l'aînée de douze enfants, est plus que le bras droit de sa mère. Il me semble que ce n'est pas perdre son temps que d'être en contact avec de semblables natures.

— Eh bien! cousin, ne perdez pas ici le vôtre; courez à la recherche de votre idéal.

Il me regarda drôlement et se retira à pas comptés, non sans me dire encore :

— Peut-être eût-il été plus hospitalier d'aider un peu ma grand'mère à recevoir ses hôtes.

Je reconnus qu'en ceci il avait raison, et que j'aurais dû y penser de moi-même; mais ce n'était pas une raison pour qu'il se permît de me faire la leçon; j'aurais donc volontiers suivi son conseil, sans la crainte de paraître lui obéir.

Ma tante descendit bientôt au jardin avec toute la société, et quoique je me sentisse un peu honteuse, je me joignis à elle et fis un bouquet pour ces dames. Mes fleurs ne réussissent guère, et il faudra que tu m'envoies des greffes de roses mousseuses, des camélias, des géraniums, etc. Les jeunes filles ne sont pas trop mal; en bien des choses on est ici bien retardé; ainsi, l'une d'elles avait un châle de soie au lieu d'un mantelet; évidemment on ne peut aborder avec elles une question sérieuse.

Je cultive la connaissance de la vieille Marianne, qui est devenue ma ressource pour les jours de mauvais temps. Je m'établis alors auprès d'elle pendant de longues heures avec mon ouvrage. Si sa mémoire lui fait défaut pour les choses actuelles ou d'un passé tout près de nous, elle retrouve toute sa lucidité quand elle revient sur les histoires de sa jeunesse. Ainsi elle ne peut pas encore comprendre *qui* je suis, et elle m'appelle ou Berthe, comme une de mes grand'tantes, ou Rosalie, comme ma grand'mère.

Je t'enverrai quelques-uns de ces récits de famille, que j'ai pris soin d'écrire pour ne pas les oublier. Je néglige souvent mon journal ; mais, au fond, qu'aurais-je à y écrire ?

Adieu ! aime toujours ta

FANNY.

HISTOIRES DE LA VIEILLE COUTURIÈRE

Le jardin de Berthe.

Il y a sous les fenêtres de Marianne un petit jardin envahi par les ronces et les mauvaises herbes, au milieu desquelles s'élèvent encore quelques rosiers : la vieille couturière, en se mettant à l'ouvrage ou en le quittant, ne manque jamais de jeter un coup d'œil sur ce jardinet. Je lui ai cueilli quelques roses, au risque d'être écorchée par les chardons et les épines, et elle les a placées avec joie dans un verre toujours sous ses yeux.

— Il faut que tu saches, me dit Marianne (elle me tutoie toujours), que ce jardin était à Berthe ; autrefois il ressemblait au Paradis avec ses jolies roses, ses plates-bandes de myosotis ; c'était ce qu'on pouvait voir de plus joli. Je suis entrée toute jeune au service de la vieille dame (la mère de mon grand-oncle). J'ai aidé à élever tous les enfants, et aucun n'était plus joli ni plus aimable que notre petite Berthe.

C'était une nature à part; elle portait bonheur à tout ce qui l'approchait; elle chantait toujours comme un rossignol; petite, blanche et rose, aucun ouvrage ne lui était étranger et elle allait aux champs d'aussi bon cœur que ses frères. Partout où elle passait, elle suspendait des guirlandes ou posait des fleurs; la maison semblait parée pour une fête. Chacun la connaissait et l'aimait, et quand tous les villageois étaient aux champs, elle faisait le tour des maisons pour voir ce que devenaient leurs enfants, les amuser ou les consoler s'ils pleuraient. Partout où paraissait Berthe, elle semait la paix et l'amour. D'abord, cette manière de faire ne plaisait pas beaucoup à sa mère, femme active et remuante, qui trouvait que chacun avait assez à travailler chez soi, sans courir chez les autres. Insensiblement Madame fut obligée de laisser faire sa fille. Dieu me pardonne si je fais une semblable comparaison, mais quand Berthe descendait au village, on aurait dit le Sauveur lui-même, allant de lieu en lieu pour faire le bien, consolant, encourageant, aimant. Les anges du ciel savent seuls tout ce qu'elle a fait pour son prochain.

Sa plus grande distraction était son jardin, que chacun ornait pour lui faire plaisir; et certes la

plus jolie fleur de toutes ses corbeilles, c'était
bien notre Berthe !

Jolie, bonne, charmante, on aurait pu croire
que les prétendants abondaient; mais non; il y
en avait peu, soit qu'elle inspirât trop de véné-
ration pour qu'on osât la demander, soit qu'elle-
même refroidît les soupirants. Elle ne pensait pas
à se marier, elle était si heureuse sous le toit
paternel.

J'étais déjà un peu invalide, et, assise presque
tout le jour à ma couture, mon plus grand plaisir
était de voir Berthe dans le jardin, entourée de
ses fleurs, de ses oiseaux, de ses chiens, de ses
chats; pour chacun elle avait une caresse.

Un soir, au temps des roses, elle était appuyée
sur le portail et regardait au loin : un jeune chasseur sortit de la forêt et se dirigea vers elle pour
lui demander son chemin. Je les vois encore,
Berthe avec ses cheveux dorés par le soleil cou-
chant, lui avec une chevelure qui ressemblait à
l'aile d'un corbeau, il la regardait avec admiration, et moi cela me déplaisait; je devinais déjà
ce qui adviendrait.

Le chasseur était garde général des forêts à
Eichelberg depuis peu de temps; il s'était égaré
et ne savait.comment rentrer chez lui. Plût à Dieu
que son étoile l'eût conduit dans une autre direction !

Mon maître arriva, l'engagea à entrer dans la maison ; il préféra rester au jardin ; Berthe alla chercher des rafraîchissements. Bref, pour en venir un peu rapidement au fait, le chasseur revint souvent, et fut bientôt comme l'enfant de la maison. Il était riche et d'une famille distinguée ; ses manières seules en faisaient foi. Il fallut finir par l'aimer puisque sa seule présence rendait Berthe si rayonnante et que ses yeux brillaient de joie comme je n'en ai jamais vu briller depuis.

Une seule chose chagrinait Berthe, c'est que jamais il n'avait voulu l'accompagner à l'église ; je pris mon courage un jour pour lui dire :

—Sûrement je ne prendrais jamais un mari qui n'irait pas à l'église ; celui qui ne prie pas ne croit pas, et quand il ne croit pas, le mal est incurable.

Elle me regarda tristement avec ses grands yeux bleus et profonds et me répondit :

— Et si tu aimais beaucoup quelqu'un, l'abandonnerais-tu parce que tu saurais qu'il a une maladie incurable ? le laisserais-tu alors seul, tout seul, sans Dieu et sans espérance ? Non, sans doute tu prierais jour et nuit afin que Dieu te donnât une double patience, et quand viendrait l'heure du découragement, peut-être même du désespoir, c'est alors que tu serais heureuse d'essayer si Dieu ne t'a pas choisie pour le ramener à lui.

Je savais bien que Berthe était un ange, mais

quand je l'entendis parler ainsi, je sentis qu'elle n'était plus pour longtemps ici-bas.

On se sentait heureux à leur ombre, et bien souvent je me demandai ce qu'ils pouvaient tant avoir à se dire quand ils restaient dans le jardin bien tard à regarder le clair de lune. Souvent ils allaient dans la forêt, et lorsque Berthe en revenait avec une guirlande de feuillage dans ses beaux cheveux blonds chacun s'arrêtait pour l'admirer.

On commença à parler de la noce ; le chasseur (je ne veux pas dire son nom) disait que ses parents donnaient joyeusement leur approbation, et tout le monde le croyait ; qui aurait pu résister à cette douce créature ? Il espérait obtenir un poste dans son pays natal l'année suivante, et emmener alors sa fiancée sous le toit paternel.

Quand son ami n'était pas auprès d'elle Berthe venait assidûment coudre près de moi ; elle chantait comme un petit oiseau ; si elle entendait le son du cor, vite, dé, ciseaux, ouvrage, tout était jeté de côté pour courir à la rencontre du chasseur bien-aimé.

Un jour, c'était l'anniversaire de la naissance de son père, la maison était pleine d'invités, et Berthe ne voyait pas arriver son fiancé ; son visage exprimait l'angoisse et la fièvre de l'attente ; on voulait lui persuader qu'il s'était attardé, peut-être oublié en route ; mais à la fin, ne pouvant plus contenir son anxiété, elle partit seule pour la forêt. J'étais près de la fenêtre quand je la vis revenir en courant sans chapeau, les cheveux flottant sur les épaules. Elle avait trouvé son fiancé baigné dans son sang, victime de l'attentat d'un braconnier.

— Au secours, au secours! cria-t-elle en tombant hors d'haleine.

Et, après avoir indiqué où se trouvait le blessé, elle perdit connaissance. On l'emporta, mais lorsqu'elle entendit arriver le brancard sur lequel était étendu son fiancé, rien ne put la retenir loin de lui; elle voulait le soigner elle-même et, faible et souffrante encore, elle se consacra entièrement au blessé. Depuis ce jour-là sa santé fut profondément altérée.

Bientôt le chasseur fut remis de son accident tandis que Berthe conserva une petite toux sèche et des douleurs de poitrine qui résistèrent à toutes les tisanes et à toutes les potions. Elle resta rose et fraîche, ses yeux devinrent plus brillants que jamais, mais ce n'étaient plus la santé et la vie du temps jadis. Le déclin était insensible, mais il n'en était pas moins positif; elle ne chantait plus que lorsqu'elle entendait le cor du chasseur, et sa voix avait alors quelque chose de si triste qu'elle donnait envie de pleurer.

En automne, le fiancé partit pour revoir ses

parents et préparer l'habitation dans laquelle il
désirait conduire Berthe dès les premiers beaux
jours.

Dès son enfance, alors que tout lui promettait
santé, joie et bonheur, Berthe s'occupait souvent
de la mort; maintenant qu'elle était malade, jamais elle n'y faisait la moindre allusion. Elle tra-
vaillait gaiement à son trousseau et, quand des
quintes de toux venaient la forcer à s'interrompre, elle disait légèrement :

— Ce vilain catarrhe, quand cessera-t-il ? Sans
aucun doute, au printemps, je serai tout à fait
rétablie.

Elle écrivait des lettres pleines de plans et
d'espérances, elle organisait en imagination sa
maison, son ménage. Sa mère et moi nous nous
regardions tristement sans oser rien dire.

Le printemps arriva et avec lui le beau fiancé.
C'était le jour de Pâques, par un temps admirable.
Berthe, toute vêtue de blanc, assise dans le jardin, entendit approcher des pas bien connus; elle
voulut se lever et courir à sa rencontre; un flot
de sang s'échappa de ses lèvres et ruissela sur ses
vêtements. On la rapporta dans la maison et
bientôt son doux sourire reparut. Elle donna l'assurance que ce n'était rien, absolument rien.

Quant à *lui*, il fut effrayé et attristé; il la trouvait toujours aussi jolie, mais elle était maigrie

et pâlie et ne pouvait plus aller jusqu'à la forêt.
Il prolongea sa visite de quelques semaines;
Berthe avait l'air radieux; sa robe de noces était
prête, mais personne ne parlait de mariage! Elle
seule parlait de l'avenir et de son établissement
en lointain pays. Nous ne pouvions plus nous
bercer d'illusions et nous aurions voulu lui en
laisser. Son fiancé devenait de plus en plus sombre et taciturne; et pourtant elle le regardait
avec des yeux si pleins d'amour!

Le docteur vint une fois, quoique Berthe assu-
rât n'en avoir pas besoin. Au moment où il se retirait, le fiancé le fit monter dans sa chambre,
et comme celle-ci était voisine de la mienne j'entendis involontairement leur conversation. Le
chasseur lui demanda sérieusement ce qu'il pensait de la malade.

— Les poumons sont attaqués, répondit-il, il
n'y a pas de guérison à espérer; mais il est difficile de présumer quand ce sera fini, il y a encore
beaucoup de vie.

— J'ai besoin d'un conseil, Monsieur le docteur,
dit le fiancé violemment agité et marchant avec
précipitation en long et en large; je voudrais agir
comme un galant homme, mais convenez qu'il est
douloureux de s'unir pour toujours à une mourante.

— Aussi ne peut-il être question de mariage dans

2*

la situation présente, reprit le médecin, quoique souvent le bonheur puisse prolonger l'existence.

— Eh bien ! pour moi cela complique toute ma vie. Je viens d'obtenir une place avantageuse, il faut en prendre possession sans retard ; mes parents désirent un mariage immédiat : comment puis-je attendre des semaines, des mois peut-être à côté de ce lit de souffrance ? Et puis j'ai horreur des malades, cela m'énerve d'entendre cette toux incessante, enfin je risque ma propre santé.....

— Alors, allez passer quelque temps chez vos parents ; une rupture aussi brusque de tous ses projets de bonheur pourrait être fatale à ma malade.

— *Mon* opinion, reprit le fiancé, c'est que l'incertitude, le désir passionné qu'elle a de guérir pour moi, tout cela lui fait plus de mal qu'une simple et calme rupture ; je vous le répète, je veux agir en galant homme, mais dans les circonstances actuelles le droit me paraît de mon côté, et je suis ici le plus malheureux.

— Faites comme vous l'entendrez, dit froidement le docteur ; quand vous m'interrogez comme médecin, je vous réponds que votre fiancée est attaquée de la poitrine et que le terme de ses souffrances est incertain. Je ne réponds pas des conséquences d'une démarche précipitée de votre part.

Le docteur sortit de la maison indigné, et les

choses continuèrent sur le même pied encore
pendant un certain temps. Il paraît que le chasseur ne pouvait cependant trouver le courage
nécessaire pour rompre brusquement et anéantir
les espérances de sa douce et fidèle Berthe. Elle
vivait comme un enfant, au jour le jour, attendant la délivrance.

Il reçut des lettres qui le rappelaient précipitamment chez lui. Berthe l'accompagna jusqu'à
la porte du jardin, faible et fatiguée ; elle lui
disait les larmes aux yeux :

— Au revoir, mon ami, quand vous reviendrez
je serai rétablie.

Pourquoi ne l'a-t-il pas laissée mourir, confiante en son amour ?

Peu de temps après arrivèrent des lettres de la
mère du jeune homme aux parents de Berthe, à
elle-même, beaucoup de phrases, de circonlocu-
tions, etc. ; mais le résumé le voici : pour le
repos et la santé de la jeune fille, il valait mieux
renoncer à tout projet de mariage, l'avenir ne
lui réservait que des épreuves, etc. Je ne sais
pas tout ce qu'il y avait encore, je ne sais pas
même comment on le dit à Berthe ; jamais elle
n'en a parlé, mais à dater de ce moment elle fut
prête à mourir. Une fois seulement elle me dit
avec son angélique sourire :

— Il est bon pour moi de savoir où j'en suis ;

vous êtes tous si bons, que je me faisais illusion ; maintenant je vais me préparer au départ. '

Sa faiblesse augmenta rapidement, mais elle resta affectueuse et patiente jusqu'au bout. Pas une parole amère ne sortit de ses lèvres, et elle disait surtout :

— J'ai été heureuse tout le temps de ma vie.

Quand le temps était beau, ses frères la portaient au jardin. Elle voulut revoir les enfants du village, les pauvres dont elle s'occupait ; tous voulaient une fois encore lui dire adieu.

Comment apprit-elle que Ferdinand était marié, je l'ignore ; peut-être ses parents ou ses frères dans leur indignation le lui dirent-ils ; comme je ne lui en parlais jamais, elle resta plus confiante pour moi.

Par une belle journée d'automne, elle était étendue sur un divan au jardin ; j'étais seule près d'elle ; elle me pria, lorsqu'elle ne serait plus, de faire enlever de son jardin les plus jolies fleurs et de les envoyer à la femme de Ferdinand, en lui disant que jusqu'à son dernier soupir elle avait prié pour elle.

— Il sera certainement heureux, ajouta-t-elle ; on prétend que l'infidélité porte malheur, mais il ne doit pas être responsable de ce que la mort a rompu les liens qui nous unissaient. J'ai demandé tant de bonheur et de bénédiction pour mon cher ami, que certainement je dois être exaucée !

Le lendemain elle communia avec toute sa famille, elle leur demanda d'oublier tout ressentiment contre Ferdinand, et bientôt après commença le dernier combat terminé par le départ d'un ange pour sa véritable patrie.

J'ai envoyé les fleurs à leur destination et planté les autres sur la tombe de notre bien-aimée Berthe. Depuis que je ne peux plus marcher elle est un peu abandonnée, mais les lis et les roses y croissent toujours.

VII

L'histoire de Marianne m'est allée au cœur, et je me suis de suite mise à arranger le jardin de tante Berthe. Ce n'est pas aussi facile que je l'imaginais, et jamais je n'en serais venue à bout sans le secours de Tobie. Quand il s'y met il fait un ouvrage incroyable ; il a bêché toutes les plates-bandes en ménageant les rosiers ; il a redressé, planté, semé, etc. ; mais j'ai trouvé que cela fait bien mal au dos de se courber ainsi, et je crains que mes mains ne soient trop rudes pour me permettre de broder d'ici à quelque temps.

Tu ne saurais croire néanmoins combien ce
travail m'a fait plaisir ; mon oncle est venu nous
regarder faire et paraissait tout heureux (Berthe
était sa sœur chérie), et ma tante a dit :

— C'est ma faute si ce jardin est dans un si
triste état ; je l'ai négligé, mais il se trouvera
mieux d'être entre de jeunes mains.

Je suis chaque jour les progrès de mes fleurs,
désirant voir venir l'automne pour planter des
roses et des lis.

Tobie a été bien complaisant et serviable ;
maintenant encore, presque chaque jour il me
prépare quelque surprise dans le petit jardin, et
il a la bonté de m'expliquer bien des choses que
je ne comprends pas.

Tu sais que j'ai toujours eu l'intention de m'occuper des pauvres, des enfants et des malades ;
jusqu'à présent je n'y étais pas parvenue, et ici
on parle peu de choses semblables. Ma tante va,
je crois, parfois au village, mais sans en rien
dire, et je doute qu'avec sa manière sèche, elle
puisse paraître un ange consolateur.

Tobie est assez dur, car je l'ai entendu renvoyer rudement de pauvres enfants, et quand,
indignée, je leur ai couru après pour leur donner
quelques sous, il a paru fâché et m'a dit que
c'étaient des paresseux, qu'il avait voulu employer à ôter les pierres d'un champ et qui

avaient refusé. Tu vois donc que c'est une nature rude et inculte.

L'image et le souvenir de Berthe m'ont remis au cœur le désir de faire quelque bien autour de moi.

Hier, ma tante parla d'une vieille femme très malade; dans l'après-midi je demandai la permission de l'aller voir.

— Toi? voir Ursule? s'écria ma tante étonnée, que veux-tu faire chez elle?

— La visiter, la consoler, lui faire la lecture, répondis-je embarrassée.

— Eh bien, vas-y; Lise te montrera le chemin, et lui portera une bouteille de vin de ma part. Bon succès dans ta course.

Lise parut aussi un peu surprise quand je me préparai à l'accompagner. Les enfants du village ne sont pas du tout gentils, ils me regardent comme une bête curieuse; quand je leur parle, ils me rient au nez ou s'enfuient, et j'en ai même entendu qui se moquaient de moi et de mes vêtements.

Nous arrivâmes à la chaumière; je pris le vin des mains de Lise et j'entrai.

Ah! Julie! quelle odeur!... au fond de la chambre un grand lit bien sale, et dedans la vieille femme! Es-ce que vos vieilles femmes sont aussi dégoûtantes? Il y avait quelques commères autour d'elle, et toutes m'examinaient comme si je tombais du ciel. Je donnai le vin à la malade, et lui demandai comment elle allait; puis, je me sentis dans une angoisse mortelle, je ne savais plus que lui dire. On me présenta un siége, mais si crasseux, que je ne pouvais absolument pas m'asseoir dessus avec ma jolie robe claire. Enfin je m'assis sur un banc et proposai de faire une lecture; la malade n'avait rien à objecter, et je lus quelque chose de bien beau dans le nouveau livre de prières que j'avais apporté.

Quand j'eus fini, je lui demandai si cela lui avait plu... Oui, c'était bien joli, mais trop élevé pour elle, sa fille lui lisait dans le vieux livre (la Bible), et cela convenait mieux à des gens comme eux.

J'avais pourtant si bien choisi! Je donnai quelque argent à Ursule, et je fus bien contente de m'en aller. Dis-moi donc comment vous vous y prenez pour faire vos visites de pauvres ou de malades? Je n'aime pas à le demander ici.

Je suis allée visiter la tombe de ma tante Berthe; une couronne fanée est suspendue à la simple croix entourée de roses mousseuses.

Tu auras bientôt une autre histoire de Marianne. Pourquoi ne me dis-tu jamais un mot de *lui*?

Ta FANNY.

VIII

Je me suis accordé la consolation de raconter
à Marianne l'insuccès de mes tentatives de mission intérieure ; j'étais sûre que celle-là du moins
ne se moquerait pas de moi. Tu sais qu'elle ne
se rend pas toujours un compte bien exact des
choses ; aussi m'a-t-elle regardée un instant en
silence, puis elle m'a dit :

— Mais aussi, tu viens de si loin et tu es si
élégante... il faut connaître les gens avant d'aller les exhorter.

— Je crois que dans ce pays-ci ils ne sont pas
habitués à ce qu'on les visite, répondis-je un peu
vexée. Tante donne peut-être quelque chose aux
pauvres qui viennent dans la cour ; Tobie n'en
fait pas même autant, et après cela ni l'un ni
l'autre ne s'en inquiète.

Marianne est souvent absorbée lorsqu'on lui
parle ; c'est comme si elle rassemblait de loin-
tains souvenirs, sans oser se fier à sa mémoire ;
elle me dit, après un moment de silence : Je
veux te raconter quelque chose de la jeune dame
(c'est ainsi qu'elle appelle toujours ma tante).
Quand il s'agit du jeune maître (c'est mon grand-

oncle), on ne sait vraiment par où commencer pour faire un récit détaillé de tout le bien qu'il fait. Souvent, lorsqu'il semble traiter une chose légèrement, on est tout surpris ensuite d'apprendre qu'il est allé aux informations pour se rendre compte des démarches à faire, et quand on le croit aux champs ou à l'étable, Dieu seul sait combien de fois son temps est consacré à son prochain. Une pauvre femme revient-elle, harassée de fatigue, chercher pour son souper une vieille croûte de pain desséchée, elle trouve en place un beau gros pain tout entier; ou bien le dimanche matin, on voit dans la cuisine un bon rôti, tombé du ciel; le vieillard aperçoit sa tabatière remplie et un bon gilet bien chaud à la place de celui qui était tout usé. Veut-on le remercier, il ne comprend rien à leur reconnaissance et fait l'étonné plus qu'eux tous. Sa femme laisse souvent à sa portée les clefs de sa chambre de provisions, pour qu'il puisse aller y puiser incognito; quelquefois pourtant elle hasarde une observation.

— Mon ami, pourquoi as-tu donné ta bonne veste neuve?

— C'est que, vois-tu, femme, la vieille serait trop vite déchirée, et le pauvre homme n'a pas comme nous une Marianne qui raccommode si bien qu'on ne s'en doute pas.

Et Marianne rit de bon cœur en me rapportant cet éloge de ses propres talents.

— Mais, lui dis-je, tu oublies que tu m'as promis une histoire de ma tante!

. — Oui, c'est vrai, et du petit aussi!

Elle appelle toujours ainsi mon cousin Tobie, quoiqu'il ait au moins six pieds de haut.

— S'il n'est pas donné à notre jeune dame de faire les choses d'une manière aussi gracieuse que son mari, néanmoins elle travaille consciencieusement au bien des autres. Il y avait dans le village une vieille servante qui demeurait chez ses enfants; elle était hydropique, et sa belle-fille vint un jour se plaindre que cette maladie durait depuis si longtemps, et que l'odeur était si horrible, qu'on ne pouvait presque plus rester dans la chambre. Ma maîtresse alla chez ces gens, suivie d'un valet qui portait un botte de paille... Une demoiselle comme toi se serait trouvée mal en entrant dans cette chambre... Madame habille elle-même la malade, l'installe dans un fauteuil, remplit sa paillasse de paille fraîche, lave elle-même les couvertures, met des draps blancs qu'elle avait apportés, ouvre les fenêtres pour laisser pénétrer l'air frais, balaye, essuie, nettoie tout de ses propres mains. Quand la vieille femme fut remise au lit, où elle se trouvait comme en paradis, Madame fit cadeau d'un gros pain de savon à la bru, et appelant l'aînée des petites filles qui la regardait bouche béante :

— Vois, Catherine, si tu tiens la chambre bien propre, et que tu soignes bien ta grand'mère, je te donnerai à Noël un beau tablier neuf.

La belle-fille enrageait de la leçon qu'on lui donnait; ma jeune dame va droit son chemin sans s'en inquiéter. Elle n'a pas beaucoup de temps pour aller faire des lectures ou prier près des malades, comme le faisait Berthe; mais si elle avait eu une fille qui l'eût fait, elle en aurait été bien heureuse. Il n'est pas aussi facile d'arriver au cœur des gens que de mettre de l'ordre et de la propreté dans un ménage.

— Mais, Monsieur Tobie, repris-je, après une pause, celui-là n'a pas de pareilles idées en tête; je désire savoir aussi quelque chose de mon cousin.

— Il est sûr que lui ne peut pas laver des draps; il ne remplit pas non plus mystérieusement les tabatières; je ne sais pas grand'chose sur son compte, parce que je sors à peine de ma chambre, et que les nouvelles ne m'arrivent pas souvent (par parenthèse, Marianne sait toujours tout sans bouger de son coin). Mais dernièrement la ménagère m'a raconté ceci :

Le petit était allé à Weisbourg demander un maçon pour réparer le grenier à foin. En approchant de la maison, il entend des pleurs et des

gémissements. Il apprend que le maçon est tombé
d'une échelle, et que tous ses membres sont con-
tusionnés ou brisés. Au moment où Tobie entrait, la femme, un voisin, et le chirurgien, petit
homme maigrelet, voulaient changer de lit le
blessé, mais leurs mouvements inégaux rendaient
la chose si douloureuse, que le pauvre homme
criait à faire pitié. Le petit, sans rien dire, et tu
sais qu'il est grand et fort, prend le malade sur
ses bras, et sans peine, sans secousses, il le place
dans l'autre lit. Le maçon ne put assez le bénir,
car jamais encore on ne l'avait remué en lui faisant aussi peu de mal. Que fit alors mon cher
petit? De ce jour, il alla chaque matin et chaque
soir à Weisbourg, à l'heure des pansements, pour
porter lui-même le malade et lui éviter quelques
douleurs... Et pendant un mois tout entier, Tobie
fit ainsi une lieue le matin et une lieue le soir,
sans que personne s'en doutât, ou que son travail en souffrît, jusqu'à ce qu'enfin le maçon fût
entièrement rétabli.

Eh bien, Julie, qu'en dis-tu? Il me semble
que tout cela appartient aussi à la mission intérieure? Je ne pourrais certainement pas en faire
autant; mais aussi, laver les gens et leur donner
des soins matériels, n'est pas le plus important.
J'en ai même parlé avec Tobie; nous devenons
tout à fait intimes, mais sois tranquille, c'est un

personnage inoffensif, tout à fait inoffensif... Il m'a donné raison, et il convient que chacun de nous n'est pas appelé au même ministère. Le Sauveur seul a pardonné les péchés en guérissant les malades, mais il en a délivré beaucoup de leurs souffrances sans un seul mot de sermon; plus tard et à son heure il s'est fait connaître à l'âme de chacun.

— Avant de prier *avec* les gens, cousine, me dit Tobie avec ce sourire sérieux qui lui va si bien, il faut être assuré que nous pouvons prier *pour* eux de tout notre cœur.

Il a vraiment raison, et cela m'a donné à réfléchir. Je suis bien aise d'être en paix avec lui; la guerre entre les habitants d'une même maison est insoutenable.

N'est-ce pas, Julie, tu iras souvent voir maman? cela lui fera du bien, car d'après ses lettres, elle me paraît abattue. Je me réjouis de voir arriver les vacances d'Edouard, qui les amèneront tous deux ici... Que ne puis-je partager avec elle toutes les superfluités dont je suis entourée et qu'elle a tant de peine à se procurer. Ma bonne tante a deviné mon désir secret, et lui a fait un bel envoi; je ne l'ai appris que par la lettre de ma mère.

Adieu, voici un des récits de Marianne.

Ta FANNY.

Le joyeux Robert.

La maison n'a pas toujours été aussi calme et tranquille qu'elle l'est actuellement; Monsieur est gai, mais ne fait pas de bruit; Madame a. toujours été très douce, et le petit ne parle pas beaucoup.

Quand ma vieille dame était jeune et avait quatre enfants dont chacun amenait ses camarades, le bruit ne manquait pas et l'ouvrage non plus. Il n'y avait pas sous la voûte du ciel de plus beaux enfants que nos trois garçons et Berthe; mais celui qui emportait la palme était bien mon Robert. Quel joyeux compère! il me tourmentait souvent pour le conduire à la cueillette des fraises dans la forêt, et aussitôt que je me baissais, crac, le voilà à califourchon sur mon dos, et il me fallait faire le cheval bon gré, mal gré. Il avait la tête remplie de malices. Toujours escorté des gamins du village, tantôt ils creusaient des rigoles dans lesquelles ils mettaient des bateaux de leur façon, tantôt ils couraient les bois pour attraper des écureuils, tantôt ils attachaient les vaches par la queue. Il savait tout faire, excepté travailler et apprendre, et pourtant il avait une si bonne tête! Le maître d'école ne pouvait le garder, parce que chaque jour il y avait ou un

livre égaré, ou un encrier rempli de sable, etc.
Son père ne le châtiait pas volontiers; et un jour
que sa mère l'avait enfermé dans le four, il
monta sur les toits par la cheminée, et ce fut
au milieu d'angoisses mortelles qu'on fut obligé
d'aller le chercher.

On prit un précepteur dans la maison, mais en
vain; quand on le croyait enfin sérieusement au
travail, il était perché sur le fauteuil de son professeur jetant dans l'encrier un hanneton qui sortait de là dans un bel équipage et faisait des
dégâts, Dieu sait comme. On aurait passé à Robert toutes ces fredaines (Henry aussi était gai),
s'il avait seulement voulu un peu travailler.

Quand les garçons grandirent, il fallut que chacun choisît une profession. Charles l'aîné, ton
oncle actuel, devait prendre la propriété à son
compte; Henri voulut absolument devenir négociant, non qu'il eût le génie du commerce, mais
seulement pour courir un peu le monde; Robert,
quoique plus jeune, l'avait toujours dupé en bro-
cantant avec lui des pommes véreuses données
pour bonnes, ou de vieux gâteaux qu'il lui faisait
passer comme des friandises toutes fraîches.

Quant à Robert, il voulut étudier en droit, naturellement dans le seul but de gagner du temps
pour ne rien faire. Son père fit quelques difficultés; il savait que Robert n'apprendrait rien et

lui coûterait beaucoup; mais jamais on n'avait su rien refuser à ce garçon. On le mit au collége, et il revint mis comme un prince, quoique avec d'assez tristes bulletins. Sa mère et Berthe essayèrent de le raisonner; il promit beaucoup, puis oublia bien vite.

Il fut refusé à l'université quand il s'y présenta parce qu'il était trop peu avancé; je croyais, moi, que justement les études étaient pour les ignorants, il paraît que je me trompais; et qu'il faut au contraire un certain degré de science pour être admis. On lui donna un répétiteur, et comme cette fois il *voulait* réussir, il réussit en effet.

Ce fut une fête au logis quand, aux premières vacances, Robert revint avec sa redingote polonaise à brandebourgs et ses grandes bottes à l'écuyère, monté sur un beau cheval! Il était si beau ainsi!

Henri avait fini son apprentissage et avait une bonne place de commis; Charles avait terminé ses études à l'école d'agriculture, et aidait son père dans l'exploitation de la campagne. Les deux frères ne pouvaient réprimer un petit mouvement de dépit ou de jalousie en voyant les grands airs que Robert prenait vis-à-vis d'eux.

Mon maître demandait souvent :

— Etudies-tu au moins, Robert?

— Oh! papa, répondait le joyeux compagnon

3

en riant, on n'étudie jamais la première année ;
attends un peu, tu verras quels succès j'aurai !

L'année suivante arrivait et les études ne mar-
chaient pas mieux, il lui fallait de l'argent, toujours de l'argent ; il s'adressait un jour à son père,
un autre jour à sa mère, promettait monts et mer-
veilles et puis finissait toutes ses lettres par le
même refrain : Ma bourse est à sec !

Mais comme maître d'école, précepteur, pro-
fesseurs s'accordaient à lui trouver une riche intelligence et une tête bien organisée, ses parents
croyaient toujours que le moment des études sérieuses allait venir. Le dernier jour des vacances
était orageux ; il fallait avouer ses dettes, demander de nouvelles sommes ; la mère pleurait,
le père jurait, le fils s'humiliait, et à la fin repartait le gousset bien garni.

Une fois même mon maître partit pour l'université, il voulait en ramener son fils à tout prix,
mais il revint seul ; qui l'avait ensorcelé ? Dieu le
sait !

Vers ce temps-là Berthe mourut, et Robert au
premier moment prit la résolution d'être le consolateur de ses parents. Il étudiait depuis quatre
ans, quand un beau jour il annonce à sa famille
qu'il venait de se fiancer avec une délicieuse jeune
fille, un ange descendu sur la terre, pour laquelle
il allait se mettre sérieusement au travail. Son

père furieux, voulait refuser son consentement ; sa mère, quoique attristée de cette résolution, bénissait celle qui le pousserait dans une meilleure voie ; ses frères lui en voulaient d'être assez fou pour songer au mariage quand ses aînés n'y pensaient pas encore.

Enfin un beau jour il amène sa fiancée, une petite, mince et jolie demoiselle, bonne à parader et à promener dans la voiture du beau-père ; sa mère l'accompagnait, une bonne grosse, stupide femme, qui n'avait pas l'air de comprendre ce qui se passait autour d'elle.

Les années s'écoulèrent, les études ne s'achevaient pas ; de loin en loin on parlait d'examens, ils manquaient toujours, et après chaque échec les parents paraissaient plus tristes et plus découragés. Robert allait voir sa fiancée, la comblait de présents, de promesses ; enfin comme la vie d'étudiant ne faisait qu'engloutir les sacs d'écus du père, on décida que l'examen se préparerait à la maison. Qu'en advint-il ? personne ne le sut, mais un jour que j'étais seule au logis avec Robert, on lui remit une dépêche ministérielle ; il me défendit d'en parler, mais à son air inquiet et soucieux, je compris qu'une fois encore il avait échoué.

De bonne heure, le lendemain matin on entendit un coup de pistolet dans le bosquet là-bas, et quand on y arriva Robert gisait baigné dans son sang !

Il laissait deux lettres d'adieu, une à ses parents l'autre à sa fiancée; il n'avait pu survivre à son déshonneur.

Que Dieu te préserve, mon enfant, de jamais connaître une pareille affliction ! Ses parents étaient inconsolables et son père disait en pleurant amèrement : « Mon fils, mon fils ! que n'ai-je pu mourir à ta place ! »

La pitié fut grande pour le pauvre garçon égaré, on l'ensevelit avec honneur et bien des larmes coulèrent sur son cercueil. Matin et soir, quand je vais visiter la tombe de Berthe, je pense aussi à mon pauvre Robert.

Quand je vois des jeunes gens si gais et si insouciants de la vie, je voudrais leur raconter l'histoire de Robert et leur rappeler ces paroles de Salomon : « Jeune homme, réjouis-toi dans ton jeune âge, et que ton cœur te rende content aux jours de ta jeunesse, et marche comme ton cœur te mène, et selon le regard de tes yeux ; mais sache que pour toutes ces choses, Dieu te fera venir en jugement. »

IX

Qui aurait cru, chère Julie, que dans cette maison qui paraît ordinairement si prosaïque, il y ait eu d'aussi amères souffrances. Je regrette presque mes désillusions sur la vie d'étudiant !

Mais, je t'en prie, chérie, ce que maman m'é-crit, peut-il être vrai ? Pauvre mère, elle ne se doute pas du coup qu'elle a porté à son enfant; dans sa dernière lettre, elle me parle d'Almorini, il faut pourtant écrire ce nom. Lui, un trompeur, un dissipateur, un simple ouvrier horloger, qui a profité de sa jolie figure, de sa belle voix, pour en imposer aux maîtres de l'Institut, et qui fuit maintenant poursuivi pour dettes et escroquerie ? Cela ne peut, cela ne doit pas être ! Ce cœur plein de force et de tendresse ; cette voix si mélodieuse, ce port si majestueux, et ces yeux si profonds !... Oh ! je t'en supplie, écris-moi que tout cela est une erreur, une calomnie. Mais si par malheur cela était vrai,... non, c'est impossible, alors garde le silence, et pleurons tout bas cette triste fin de nos plus beaux rêves. Il faut naturellement ici que je me taise sur un sujet aussi palpitant pour moi, et pourtant sans ce souvenir, je me sentirais chaque jour plus heureuse chez mon oncle.

Je suis parfois un peu utile à ma tante ; dernièrement j'ai fait le dîner toute seule, et Tobie l'a trouvé excellent ; son appétit campagnard est bien un peu prosaïque, mais cela me faisait plaisir de lui voir faire honneur à mon repas.

J'ai fait une nouvelle visite de malade avec ma tante, qui a voulu me conduire elle-même ; nous sommes allées voir une jeune fille qui souffre depuis des années d'un mal au pied. Elle passe souvent des jours entiers seule dans sa chambrette, pendant que ses parents vont aux champs. Tante m'engagea à lui apprendre à faire le crochet, puisqu'elle peut se servir de ses mains ; elle n'est pas trop timide, je ne suis plus embarrassée et nous nous entendons à merveille. Elle a beaucoup lu, surtout sa Bible, et quelques livres de piété ; sa sérénité est inaltérable. Moi qui venais pour instruire, je me laisse instruire par l'exemple de Christine, qui ne se doute pas du bien qu'elle me fait. Quelle paix, quelle douce gaieté au milieu de tant de souffrances ! J'ai presque honte de tout mon bonheur, mais surtout de mes larmes.

Dans ce moment j'ai énormément à faire ; beaucoup trop pour penser à mes broderies ; du petit tapis commencé pour ma chambre, je veux faire une couverture de lit pour mon oncle, et comme j'ai plus de cols et de manches qu'il ne m'en faut, je puis penser à tout autre chose.

Ma tante emploie souvent une pauvre lavandière du village qui a cinq petites filles ; elle lui permet de les amener dans la cour afin de les surveiller un peu ; Nanette, Mine, Rosette, Louisette et Mariette, à peine plus grandes les unes que les autres sont encore là comme sous son aile. Il faisait frais l'autre jour, ma tante m'a engagée à les faire entrer à l'office ; là, j'ai fait connaissance avec elles, et j'aurais volontiers commencé de suite à leur donner des leçons, si ma bonne tante ne fût intervenue pour me persuader que les aînées apprenaient à l'école tout ce qui leur était nécessaire, et qu'il valait mieux m'occuper un peu des plus jeunes. Je leur ai donc fait des poupées, nous leur confectionnons des vêtements ; il faut voir la joie de la petite troupe. Je tricote des bas, je suis surchargée d'occupations et voudrais être calme comme ma tante qui ne s'agite jamais et qui a du temps pour tout. Elle-même me rappelle souvent que je ne dois pas négliger la musique ; j'ai retrouvé un vieux cahier de tante Berthe, j'ai appris quelques-uns de ses vieux airs, et quand mon oncle m'a entendue, il ne savait s'il devait rire ou pleurer. Aucune approbation ne m'a été aussi précieuse.

Et Tobie? Croirais-tu bien qu'il est mon élève et que je lui enseigne le français? C'est une drôle de leçon; mon écolier me demande une foule de choses auxquelles je n'avais jamais réfléchi; alors il prend la grammaire en main et m'instruit lui-même. J'apprends seulement à présent qu'il sait le grec et le latin. Il n'est pas du tout aussi inculte que je l'avais cru, et nos études sont parfois bien gaies.

Lorsque je suis seule dans ma chambrette, je me pose souvent cette question : Est-ce bien vraiment possible? Est-ce que cet astre lumineux a disparu de mon horizon? Te souviens-tu de cette phrase d'un de nos auteurs favoris? Je pleure en secret et je parais souriante; je semble fraîche et heureuse, et pourtant si de semblables douleurs pouvaient tuer, je serais morte depuis longtemps! Mais je n'en prends nullement la tournure, et j'aurais honte de te montrer mes joues et mon teint. Je me coiffe en bandeaux; ma tante n'aimait pas la chinoise. Marianne m'ayant raconté l'histoire du mariage de l'oncle et de la tante, tu la connaîtras aussi.

Réponds-moi bientôt, tu me donneras la vie ou la mort.

Ta triste FANNY.

Rachel et Léa.

Je t'ai déjà dit, je crois, qu'Henri, le négociant, avait choisi sa femme un peu à la légère,
et sans trop consulter ses parents. Elle s'appelait
Rosalie, et était une des plus belles femmes qu'on
pût voir. Un parfait contraste avec Berthe, des
cheveux de jais, brillants comme un miroir, et
des yeux, que Robert avait comparés à un pistolet à double coup ; une fraîcheur charmante et
un port de reine.

Elle était sans fortune, son père avait fait ban-
queroute ; sa position avait touché Henri, qui,
sans réfléchir, lui avait offert son cœur et sa
main.

Enfin, c'était fait, et les parents résolurent de
surmonter leur répugnance par amour pour leur
fils. Pour mon compte, cette belle fiancée ne me
plaisait guère ; elle avait trois chapeaux, de jolies
bottines, des robes à volants ; mais aussi, que de
trous à raccommoder pour la vieille Marianne,
et quels trous ! Jamais elle n'aurait su faire un
point elle-même ; elle m'apportait sa garde-robe
en cachette pour que je la misse en ordre, et
chaque matin elle venait se faire coiffer ayant
sur les épaules un mantelet de satin en guise de

peignoir, et autour du cou un essuie-mains,
parce que sa cravate n'avait pas été à sa portée.
Sa robe de soie noire était usée à certains en-
droits, et que crois-tu qu'elle y eût fait? Une re-
prise? Oh! non; elle avait tout simplement collé
un morceau de taffetas d'Angleterre. Elle laissait
partout des traces de son passage; des aiguilles,
des épingles à cheveux, un peigne, un mouchoir
de poche; toujours elle cherchait quelque objet
égaré. Sa belle-mère fronçait souvent les sour-
cils; mais lorsque Rosalie la regardait tendrement avec ses beaux yeux, on oubliait et on pardonnait tout.

Henri s'établit dans une petite ville contre le
gré de son père, qui aurait préféré Brême ou
Hambourg. Le plus pressé pour lui était de se
marier. En vain Rosalie protesta-t-elle contre un
commerce de détail; elle aurait aimé que son
mari fût banquier; mais, voyant que ses larmes
étaient inutiles, elle mit pour condition que jamais elle n'entrerait dans le magasin pour servir
la pratique. Quant à elle, elle s'installa au premier étage au milieu de meubles de velours,
de glaces, de rideaux brodés; par contre, les
draps et le linge de table furent en coton. Sa
cuisine était nécessairement fermée à tous les
regards indiscrets; au lieu d'un bon seau en
fer-blanc, une vieille cruche ébréchée; au lieu

de vaisselle solide, des porcelaines dorées. Aussi du matin au soir entendait-on casser et briser, et la cour de service était-elle jonchée de débris de toute sorte. Rosalie ne s'inquiétait pas pour si peu, et trouvait charmant de puiser dans le magasin sans payer, et d'avoir sucre et café en abondance.

Ma vieille dame voyait tout et s'en faisait du souci ; mais vint la mort de Robert, et toutes les préoccupations secondaires furent étouffées par cette grande douleur. La malheureuse mère ne put supporter longtemps un coup semblable et tomba dangereusement malade. Pendant de longues semaines, la pauvre femme resta dans son lit, et naturellement Rosalie vint la soigner. Elle y mettait la meilleure volonté, et s'en serait assez bien tirée sans son incorrigible désordre. Un jour, elle donnait à sa belle-mère une serviette damassée ne servant que pour les grandes occasions, le lendemain un vieux torchon sale, la première chose qui lui tombait sous la main ; et quand la malade éprouvait quelque répugnance pour les mets préparés par Rosalie, celle-ci souriait comme si tout allait à merveille. Cela finit par irriter la vieille dame, qui ne voulut plus être soignée que par moi. Une des visites qu'elle préférait était celle de Mademoiselle Louise, la fille du bourgmestre de Seebourg. Celle-là n'é-

tait pas belle, mais pas du tout, avec son teint
blafard et son air timide : elle paraissait toujours
calme, et personne ne faisait autant d'ouvrage
qu'elle. Fille unique et très riche, elle n'en était
pas moins simple et généreuse; tout en donnant
volontiers un écu, elle ne prodiguait pas les
sous, mais procédait en tout avec largeur et
prudence. Le contraste entre elle et Rosalie
sautait aux yeux de tout le monde, et elle paraissait plus modeste encore à côté de Madame
Henri.

Quelque affection que lui témoignât la malade, Louise venait rarement et paraissait éviter Charles. Elle eût pu se dispenser de ces
précautions, car, sauf pour lui dire bonjour, le
jeune homme ne faisait aucune attention à elle.
Nous nous apercevions bien que lorsque Charles
entrait dans la chambre, la voix de Louise tremblait un peu si elle lisait, ou bien l'aiguille cou-
rait plus rapidement sur son ouvrage, mais lui
ne voyait rien.

Ma vieille maîtresse mourut; elle demandait
le repos, et Dieu le lui accorda. Elle causa longtemps avec Charles, le seul de ses fils qui ne
lui eût donné que de la joie. Que lui dit-elle?
Nul ne le sait, mais je crois bien que, sans lui
imposer sa volonté, elle lui laissa deviner un de
ses désirs les plus ardents.

Ce fut un deuil profond et un vide immense.
Dieu veuille me préserver de survivre à une
séparation de cette sorte! Madame Rosalie vint
pour le partage; elle était délicieuse dans ses
vêtements de deuil, mais partout où elle était
il y avait tant de bruit et de désordre que son
beau-père parut soulagé quand elle repartit.
Son mari était venu la chercher : cela n'allait
plus aussi bien dans le ménage que dans les
premiers temps où ils étaient amoureux; j'entendais souvent une parole aigre, ou bien je
voyais des larmes, et de plus, à chacune de
leurs visites, le front du père se rembrunissait
et le coffre-fort s'ouvrait bien souvent.

Mademoiselle Louise n'était venue qu'une
fois, le jour de l'enterrement, et avait déposé
une couronne de lierre sur le cercueil. Puis
elle ne vint plus; M. Charles allait souvent, au
contraire, à Seebourg, et quand, au bout de
six mois, il nous annonça son mariage avec
Louise, nous ne fûmes pas surpris, mais bien
joyeux.

La noce devait se faire après l'expiration du
deuil, et la douce fiancée venait souvent voir
mon vieux maître, qui la regardait comme un
rayon de soleil illuminant la fin de sa carrière.

Ces deux fiancés n'étaient pas aussi tendres
que Robert ou Henri l'avaient été; ils n'inven-

taient pas de ces sentimentalités stupides, comme les amoureux s'en adressent si souvent; ils n'avaient pas toujours des secrets à se communiquer, mais ils causaient de choses sérieuses et utiles. Je les trouvais même un peu trop froids, et je crois que, au fond du cœur, Mademoiselle Louise était un peu de mon avis.

Quelques semaines avant le mariage, Mademoiselle Louise vint à la maison, et comme nous avions quelques arrangements à prendre ensemble, elle monta près de moi. Peu d'instants après, nous entendîmes M. Charles et son père entrer dans la chambre voisine où se tenaient les archives de la famille. Nous n'avions aucune idée de nous cacher ou d'espionner, mais malgré nous nous entendîmes toute leur conversation.

Il paraît que mon maître montra quelques papiers à son fils, car il lui dit :

— Tu vois combien tes frères ont déjà reçu, c'est certainement plus que le bien ne vaut actuellement; Robert avait mangé tout son héritage par avance, tandis que toi, avec la belle fortune de ta fiancée....

— C'est cela! s'écria Charles avec colère, la fortune de ma fiancée! Tout est assez bon pour moi! Mes frères font comme leur cœur les pousse, ils jouissent de la vie, ils aiment, ils sont

aimés, et moi je suis le dindon de la farce;
c'est bien assez bon pour moi de me marier sans
amour, seulement pour relever la famille avec
la dot de ma femme.

En disant cela, il marchait avec violence; je
tremblais comme une feuille et n'osais pas regarder Louise.

— Mais, mon cher fils, personne ne t'a forcé à
cette démarche.

— Forcé? non sans doute, ce n'est pas pieds
et poings liés qu'on m'a conduit à elle; mais j'ai
été poussé par le désir de ma bonne mère, par
ton désir à toi, par la décadence de notre maison, par Henri qui nous exploite toujours : tout
cela m'a fait croire un moment que je me sacri-
fiais pour le bien de tous, et maintenant que le
moment approche, je crois que c'est une indigne
bassesse.

— Mais Charles, ta fiancée n'a-t-elle donc
aucune autre valeur que celle de son argent?
et avons-nous voulu ton malheur ou ton bonheur?

— C'est justement parce que je reconnais tout
ce qu'elle vaut qu'il me semble affreux de lui
offrir ma main sans mon amour.

— Eh bien alors, au nom de Dieu, va chercher une jolie femme et abandonne ton vieux
père! Il n'est pas nécessaire pour *moi* que tu

prennes une femme riche, j'ai de quoi vivre pendant le peu de jours qui me restent à passer ici-bas.

Quand Charles vit la douleur de son père, il se mit à le consoler, l'assura qu'il n'était pas malheureux, mais que tout cela lui semblait un manque de délicatesse, qu'il serait bon et dévoué pour sa femme, qu'il ferait son possible pour la rendre heureuse et pour qu'elle ne s'aperçût jamais qu'il ne pourrait l'aimer davantage. La réconciliation se fit, et tous deux redescendirent sans se douter que Louise avait tout entendu ; elle était agenouillée, la figure cachée dans ses mains, et ses sanglots redoublaient pendant que ses larmes inondaient son doux visage.

Enfin elle se releva, l'œil enflammé, le visage décomposé :

— Il aura mon argent, tout mon argent ; mais je veux partir, m'en aller loin, bien loin, gagner mon pain à la sueur de mon front, jamais il n'entendra parler de moi, il pourra choisir suivant son cœur !...

Ses pleurs recommencèrent de couler et elle me supplia de rapporter à Charles l'anneau de leurs fiançailles ; je ne savais que faire, pourtant je lui représentai la douleur de ses parents, celle de mon vieux maître ; elle ne voulut pas me permettre de parler des regrets de Charles, mais elle comprit bien que jamais il ne consentirait à prendre sa fortune si elle rompait avec lui, et qu'il serait malheureux d'avoir ainsi renversé tous les plans, tous les vœux de leurs deux familles.

— Enfin, lui dis-je à bout de raisonnements, si vous êtes sûre en agissant ainsi de suivre la volonté de Dieu, et non celle de votre cœur orgueilleux, faites comme vous le jugerez bon.

Elle demeura longtemps silencieuse, le visage voilé par ses longs cheveux ; enfin elle me dit :

— Je crois que la volonté du Seigneur est manifeste, je dois subir le sort de Léa ; promets-moi que jamais tu ne diras à personne ce qui vient de se passer, que tu n'y feras aucune allusion, mais que tu prieras sans cesse, afin que Dieu m'aide à remplir mes nouveaux devoirs.

Depuis lors, jamais nous n'en avons parlé.

Le jour de ses noces elle ressemblait à un agneau qu'on mène à la boucherie ; Charles s'inquiétait de la voir si calme et surtout si mélancolique.

Jamais je n'ai vu de meilleure ménagère, toujours à l'ouvrage, encourageant ses domestiques par son exemple, faisant régner partout un ordre inimitable, soignant avec tendresse son beaupère, prévenant jusqu'aux moindres désirs de son

mari; bref la maison était métamorphosée et conduite comme par enchantement.

Néanmoins, à côté de cette aisance, il y avait
peu de joie. La jeune femme paraissait craintive
lorsqu'elle était seule avec M. Charles; elle ne
voyait pas, ce que j'observais moi pauvre simple
fille, que son mari l'admirait de plus en plus,
appréciait sa valeur et aurait voulu le lui dire,
si elle l'y avait encouragé. Je le lui aurais bien
dit sans la promesse que je lui avais faite de ne
jamais faire allusion au passé. Madame tomba
très malade, d'une fièvre typhoïde; je la soi-
gnais et elle me recommandait sans cesse d'éloigner son mari à cause de la contagion; le médecin était fort inquiet et ne le cachait pas.

Une nuit, je veillais; elle était comme morte
quand son mari entra :

— Laisse-moi ici, dit-il brusquement, je veux
la veiller moi-même.

Et comme je faisais quelques objections :

— Quand ce sera fini, je veux encore, et toujours rester près d'elle, continua-t-il.

Il s'assit près du chevet et cachant sa tête dans
les couvertures il sanglotait comme un enfant.
C'est affreux de voir ainsi pleurer un homme.

— C'était trop de bonheur, je n'étais pas digne d'un pareil trésor, murmurait-il.

Il se calma insensiblement, me demanda toutes

les directions nécessaires pour soigner sa Louise, et posant sa main sur celle de sa femme il me renvoya de la chambre.

Au milieu de la nuit j'entendis un léger bruit, je vins voir si c'était le dernier moment, mais tout était tranquille. Monsieur, penché sur le lit, parlait tout doucement. Je n'osais pas entrer.

Le matin, la malade, aussi pâle, aussi épuisée, reposait sur ses oreillers; mais lorsque je m'approchai, elle m'accueillit par un doux sourire, et regarda son mari avec des yeux..... non, jamais je n'en avais vu de si doux, de si limpides, de si joyeux; même ceux de Madame Rosalie ne leur ressemblaient pas. Il me sembla qu'elle allait mourir, tant elle avait l'apparence d'un ange.

Mais elle ne mourut pas, et après bien des semaines d'alternatives et d'angoisses nous la vîmes reprendre des forces et revenir à la santé. Impossible de dépeindre la joie profonde de mon jeune maître; il la regardait vivre et respirer, la suivant sans cesse d'un regard si tendre et l'enveloppant de son amour. Elle semblait parfaitement heureuse et reprit sa place dans le cercle de famille au milieu des bénédictions de tous et à la joie de tous les cœurs.

—Et la belle Rosalie? demandai-je à Marianne, quand elle eut fini. Car tu sauras, Julie, que c'é-

tait ma grand'mère, et j'aimerais savoir si je lui
ressemble un peu.

— Rosalie? son sort fut triste; son désordre et
son amour du luxe l'entraînèrent sur une pente
rapide; elle ruina son mari qui fit faillite et fut
forcé de recourir à la générosité de son frère
aîné, et de chercher un refuge pour lui et les
siens dans la maison paternelle. Ils arrivèrent ici
avec leur fils unique (ce fut ton père). Dieu te
préserve, ma fille, de jamais entendre dans la
bouche de ton mari tous les reproches que Henri
adressait à sa femme.

M. Henri obtint une place de commis chez
un libraire; Madame Louise voulut garder sa
belle-sœur auprès d'elle, gagna sa confiance, et
comme Rosalie avait à cœur de réparer ses er-
reurs et le mal qu'elle avait fait, elle put plus
tard rejoindre son mari, et fut pour lui une fidèle
compagne et une aide semblable à lui.

X

Depuis que je connais l'histoire de mon oncle
et de ma tante, je les regarde d'un tout autre
œil. Je déplore que mon père leur ait été aussi
étranger, mais je comprends le mécontentement

de mon oncle, quand papa s'est marié contre ses conseils, après tout ce qu'il avait fait de sacrifices pour mon grand'père et sa famille.

A présent mon oncle se dédommage en ma faveur, et je suis entourée ici de beaucoup de tendresse ; je me sens capable de tout pour ma bonne tante. Elle prend un peu confiance en mes talents ou tout au moins dans mon désir de lui être utile ; elle me répète qu'elle se sent vieillir, et qu'elle aurait besoin d'une aide jeune et active pour la remplacer. Eh bien ! mon cousin Tobie finira par trouver son idéal, orné peut-être de quinze frères et sœurs, qu'il lui amènera pour la soulager.

Nos leçons de français continuent toujours avec plus de profit pour la maîtresse que pour l'élève.

Maintenant que par les histoires de Marianne tu connais toute la généalogie de la famille, tu ne seras pas fâchée de savoir d'où sort Tobie. C'est le fils de la fille unique de mes hôtes ; ils avaient perdu deux garçons en bas âge. Cette fille s'appelait Louise comme sa mère, mais elle ne lui ressemblait pas beaucoup. Ce n'était ni une ménagère, ni une femme de tête, mais une douce, pieuse et aimante créature. Elle s'éprit d'un jeune officier, qui renonça à la carrière des armes pour vivre chez les parents de sa femme. Leur union fut heureuse, mais au moment où leur bonheur

allait être augmenté par la venue d'un petit enfant, la coalition contre la France éclata, et Alexan-
dre dut voler sous les drapeaux. Hélas! il trouva
la mort sur le champ de Waterloo, avant même
que son fils vît le jour. Peu de jours après la naissance de son enfant, Louise se sentit mortelle-
ment atteinte : « Pauvre petit orphelin, dit-elle
en le serrant sur son cœur, que Dieu t'envoie un
ange pour te conduire, comme il le fit jadis pour
Tobie! »

Voilà pourquoi mon cousin s'appelle Tobie, et
je n'ai plus envie de me moquer de ce nom, depuis que je sais d'où il lui vient; et quand il me
raconte que jamais il n'a reçu une caresse de son
père ou un baiser de sa mère, je me sens profondément émue.

Ainsi donc les yeux si doux et si paisibles de
ma tante ont versé bien des larmes amères, mais
son bonheur acheté au prix de tant de douleurs
est d'autant plus profond. Si jamais je me marie,
ne ris pas, Julie, c'est dans les choses possibles, je
voudrais dans ma vieillesse être aimée, comme
ma tante l'est par son mari.

Tobie m'a confié qu'il aurait beaucoup aimé à
suivre une profession libérale; mais son grand-
père, qui avait toujours présent le souvenir des
écarts de Robert l'a supplié les larmes aux yeux
de renoncer à ce projet. Après bien des luttes

Tobie a reconnu que son premier devoir était
de suivre le conseil de son grand-père ; et il est
maintenant à la tête de cette belle propriété qui
lui permettra bientôt d'amener ici son idéal et la
moitié de ses quinze frères et sœurs.

Encore quelques jours et nous verrons arriver
maman et Edouard ! je m'en réjouis énormément.
Cette fois-ci j'aiderai à faire le beurre ; elle le trouvera sûrement meilleur, et je pourrai faire le
dîner toute seule, tante l'a promis, pour lui montrer mes nouveaux talents. Et quand elle verra
mon joli jardin si bien fleuri ! Je ne puis songer
au moment où il faudra quitter cette paisible
maison et ses chers habitants.

Il faudra bien, ma Juliette, que tu viennes aussi
rejoindre ta *champêtre*

FANNY.

P. S. Alors l'histoire d'Almorini était bien
vraie ? Je te prie, ma chérie, de brûler toutes mes
lettres où je te parle de lui ; enfouis tous ces souvenirs au fond de ton cœur. Heureusement je ne
lui avais jamais dit un mot en dehors des leçons.
Tu entends, oublie tout cela, mais dis-moi auparavant, crois-tu que je l'aie jamais aimé ?

XI.

Chère, bien chère Julie! maman et Edouard
sont arrivés, ils me trouvent si bien, et nous sommes tous si heureux!

Aujourd'hui, nous avons célébré dans le bosquet du jardin, la fête de mon oncle, et..... mes
fiançailles avec..... il faut bien le dire, avec mon
cousin Tobie. Tu ne dois pas me plaindre, ma
chérie, je l'ai fait volontairement et je crois que
je serai très, très heureuse; ne me méprise pas,
je crois que je l'aime, que je n'en ai jamais aimé
un autre, et quand je mets ma main dans la
sienne c'est avec tant de confiance et de sécurité!

Mais cela est venu si vite, diras-tu? c'est que
je crois au contraire que c'est lentement, insensiblement; autrefois non-seulement il m'était indifférent, mais je ne l'aimais pas du tout. J'étais
ce matin de bonne heure au jardin, je préparais
le bosquet pour la fête; Tobie vint me rejoindre;
pendant longtemps il ne dit rien, quoique je visse
bien qu'il aurait voulu parler, et je m'en doutais
depuis quelque temps, nonobstant son idéal et
ses quinze satellites; enfin il me demanda.....
Ah! je ne puis pas te le raconter; un jour peut-

être te le dirai-je à l'oreille..... Je ne dis pas non, et quand je regardai son visage rayonnant, je me sentis aussi inondée de bonheur.

Je redoutais un peu ce que diraient oncle et tante ; ils me reçurent à bras ouverts ; maman ne pouvait que pleurer de joie, et Edouard est royalement heureux d'avoir un beau-frère et de monter sur ses chevaux de ferme ; mais nous sommes si jeunes, moi du moins, car Tobie a vingt-six ans, qu'il va voyager pendant un an ; autrefois c'était son vœu le plus cher, à présent il y renoncerait volontiers. Pendant ce temps, je vais devenir une ménagère hors ligne. Que Dieu me vienne en aide ; ma tante sera ma tendre et patiente institutrice.

Nous sommes allés faire une visite à Marianne dans sa mansarde, et je lui ai enfin fait comprendre que je suis la petite-fille de Rosalie et d'Henri. Elle pleurait et riait, et m'a assuré que j'avais les cheveux de Rosalie et les yeux de Berthe.

Dans tous les cas je connais à présent mon cœur, ma Julie ; il est bien joyeux, bien reconnaissant. Ton heureuse

FANNY.

J'ai raconté à Tobie l'histoire d'Almorini en le priant de ne pas se moquer de moi. Il me regarda d'abord sérieusement, même un peu tristement

4

(moi j'étais si contente), puis il me dit en souriant :

— Quand donc, cousine, faut-il arriver pour
être le premier amour d'une jeune fille?

Figure-toi, Tobie me dit qu'il s'appelle aussi
Robert et me laisse le choix entre ses deux noms :
Robert est plus noble et plus distingué ; dis donc
à nos compagnes que mon fiancé s'appelle Robert.

———

UNE LETTRE DE JEUNE FEMME, SIX ANS PLUS TARD

Enfin, ma chère Julie, nous pouvons espérer
ta visite ; qui aurait cru que tu resterais si longtemps sans connaître mon *chez-moi!* Tu habite-
ras ma chambre de jeune fille, maintenant plus
élégante qu'alors ; mon fameux tapis a été fini,
quand? je ne sais, car à présent les ouvrages de
fantaisie sont comme des rêves et comme un
écho lointain du passé.

Viens vite, laisse tes soucis de gouvernante
loin de toi, et viens essayer tes talents sur mes
petites créatures incultes. Elles sont pourtant dé-
licieuses, surtout mon garçon, qui dans ce moment grimpe sur ma chaise pour tirer ma plume.
Il faut que je me hâte, je fais planter des pommes de terre, et en ceci, Tobie ne me seconde

pas... A propos, il y a longtemps que Tobie a
repris la place de Robert; mon mari ne me com-
prenant jamais quand je lui donnais ce nom...
et au fait, c'est bien Tobie et non Robert que
j'ai appris à aimer.

Tu feras une révision complète de ma garde-
robe; je ressemble à une grand'mère et ne puis
me laisser voir hors des limites de notre village.

Il *faudra* que tu trouves notre maison intéres-
sante et agréable avec les quatre générations
qu'elle contient. Dans les mansardes, qu'elle a
choisies de préférence, Tobie a organisé pour
notre mère un charmant petit appartement, le
paradis des enfants.

Au second, nos bons vieux grands-parents qui
se reposent de leurs travaux; Tobie est étonné
de la manière dont sa grand'mère a abandonné
toute direction à l'intérieur; mais elle assure
qu'elle avait soif de repos. Vingt fois par jour
je monte les escaliers en courant pour avoir quelques indications, quelques bons conseils; elle
nous est encore plus utile et plus précieuse de
cette manière que lorsqu'elle faisait tout par
elle-même.

Tobie a fait accorder le piano en ton honneur;
je n'ai plus le temps d'y penser que pour accompagner nos cantiques du dimanche; petits et
grands chantent de tout leur cœur. Ma petite

Rose a une jolie voix. Les cordes de ma guitare servent à couper du savon, et le ruban bleu de ciel est attaché au berceau du dernier-né. Quand les enfants seront grands, je me remettrai pour eux au français, à l'italien.

J'ai appris à faire le beurre, même à traire les vaches; mais ce que je ne sais pas encore, c'est faire les choses doucement et posément comme la grand'mère. Chez nous il y a toujours beaucoup de bruit. Grand'mère prétend que je suis plus vive et plus gaie de nature, et au fond elle a raison; il le faut avec mes trois petites queues qui me suivent partout.

Quand je veux savoir le secret de sa douce tranquillité, elle me montre sa Bible ouverte sur la table :

— Voici mon livre magique, dit-elle, et jamais je n'ai commencé une journée sans y avoir puisé la force et la paix dont j'avais besoin.

Oh! ma chère Julie, que de choses j'ai encore à apprendre!

Ne nous prends pas pour des sauvages, parce que nous avons ôté les cordes de ma guitare; car un bon mot et un bon livre trouvent toujours une place chez nous et un écho dans nos cœurs.

Notre voiture ira te prendre; non plus la vieille carriole qui m'a amenée ici, mais une calèche que Tobie m'a donnée et dont nous nous servons rarement.

Je t'envoie un échantillon des semences dont j'ai besoin; apporte-moi aussi du riz, puisque le prix a baissé, des chapeaux pour les étrennes de mes domestiques, un joli bonnet pour ma mère, des pantoufles fourrées pour ma grand'mère... Mais il vaut mieux faire une note à part de tous ces objets.

Tu ne trouveras plus notre vieille Marianne au milieu de nous; elle repose depuis quatre ans sous les cyprès du cimetière. Elle a vu ma Rose, mais n'a jamais pu comprendre qu'elle était l'arrière-petite-fille de la belle Rosalie. Cela dépassait les bornes de son intelligence.

Voici une lettre de six pages! Quel miracle! Moi qui n'écris plus qu'aux meuniers et aux marchands!

Tout mon petit peuple s'insurge et m'appelle. Viens voir comme je remplis mes devoirs de maîtresse de maison, et Tobie te dira combien je suis loin encore de son idéal.

Viens vite, ma chère Julie, jouir du bonheur de ta

FANNY.

FIDÉLITÉ DU SOUVENIR

C'était un sombre jour de novembre ; les nuages poussés par un vent froid et violent traversaient le ciel comme emportés par un courant invisible : les beaux jours d'automne, qui parlent de paix et de repos à l'âme fatiguée, avaient fait place à l'hiver, si morne, si désolé. On ne pouvait s'empêcher de comparer cette journée au sentiment qui s'empare du cœur après le départ de quelque être aimé ; à une impression de tristesse, presque de mort, remplaçant un brillant rayon de soleil qui vient de disparaître à l'horizon. Un reflet de ces sensations se lisait dans le regard terne et éteint d'une femme, encore dans la force de la jeunesse, qui regardait courir les nuages, assise dans le salon de la cure de Dusterfeld.

Il y avait longtemps qu'elle passait ainsi ses
journées ; depuis que le pasteur avait amené d'un
pays lointain cette jeune et jolie femme, elle avait
excité l'intérêt et la curiosité de tout le voisinage.
Jamais on ne l'avait vue sourire, et pas un mus-
cle de ce joli visage n'avait un instant perdu de
sa froide indifférence ; jamais on ne l'avait vue
mettre de vêtements légers ou clairs ; toujours
elle portait du noir, du gris, ou du brun. Son
salon était comme elle, propre, ordonné, mais
sans le moindre vestige de cette grâce féminine
qui poétise toutes choses. Les meubles étaient
recouverts de housses grises, les tables, les éta-
gères n'avaient pas un grain de poussière, mais
on ne voyait rien qui fît deviner des habitants
joyeux, un cercle de famille agréable; pas un
livre oublié par le maître du logis, pas un ouvrage, une bobine posée sur une table dans un
mouvement précipité, pas un vase de fleurs tar-
dives pour égayer cette chambre si triste ; on
aurait dit que depuis des siècles gens et choses
étaient à la même place et ne pouvaient plus en
changer. C'était un ordre admirable, mais un
ordre sans vie.

Un souffle froid et desséchant planait sur toute
la maison et ses dépendances. En été le jardin
se remplissait de légumes; mais pas une seule
fleur n'en égayait la monotonie. Le bosquet, qui

jadis couvrait de son ombre les réunions d'amis,
la pelouse où s'ébattaient les enfants du voisinage, tombaient en décadence; la cour était couverte de mauvaises herbes, et les volets de la
maison qui s'ouvraient du côté du village, étaient
toujours hermétiquement clos. Ceux qui voulaient
pénétrer dans la maison, étaient forcés d'en faire
le tour pour trouver une petite porte de service.

Cette cure de campagne ne ressemblait en rien
à celles qui l'environnaient. Aucune voisine ne
venait, sous prétexte d'apporter quelques dou-
zaines d'œufs, raconter ses chagrins et ses soucis
à la femme de son pasteur; aucun enfant craintif
et heureux tout à la fois ne venait faire les com-
missions de sa mère et recevoir en échange un
petit cadeau ou une caresse; les fiancés n'osaient
pas venir chercher des vœux et des encourage-
ments, et personne ne s'adressait à la cure pour
demander quelques conseils ou quelques remèdes
pour ses malades. Les manières froides et peu
sympatiques de Madame *** que les paysans pre-
naient pour de l'orgueil, les avaient depuis longtemps repoussés, et il fallait avoir absolument
besoin de parler au pasteur, pour affronter la
présence de sa femme.

Où était donc le pasteur, le possesseur envié
de cette maison si ordonnée, la tête de ce ménage si peu bruyant? Il était dans son cabinet,

4*

fumant et étudiant, et dans la pièce à côté, son
suffragant fumait et étudiait aussi. Ils restaient
ainsi absorbés depuis le matin où on leur apportait leur déjeuner jusqu'à midi, où on les appelait
pour dîner. Les repas étaient aussi uniformes
que le reste de l'organisation de cette maison;
jamais un mot pour rire, jamais une surprise; un
silence complet. Après le dessert, les messieurs
allaient faire une promenade; puis ils rentraient
dans leurs tanières enfumées, à moins que quelque devoir de leur profession ne les appelât hors
du logis.

Un seul objet dans la maison reposait et réjouissait les regards du pauvre vicaire; c'était
le portrait d'une jeune et ravissante femme vêtue
de blanc, couronnée de fleurs et tenant à la main
une guirlande de lauriers, prête, semblait-il, à
orner le front d'un heureux guerrier.

L'atmosphère glacée qui remplissait toute la
maison avait empêché le jeune homme de demander ce que représentait cette peinture; aussi,
grande fut sa surprise quand le pasteur lui dit
que c'était sa femme dans le printemps de sa vie
et dans tout l'éclat de sa beauté. Dès lors le vicaire comparait constamment ces traits charmants
rendus par un pinceau habile, et cette physionomie impassible jusqu'à la dureté, assombris-
sant tous les cœurs qui l'approchaient.

Un événement inaccoutumé interrompit ce jour-là la monotonie de la soirée. Le piéton qui apportait de la ville les journaux et les lettres, était monté comme à l'ordinaire dans le cabinet du pasteur ; Madame *** ne lisait pas les journaux et ne recevait jamais de lettres : ce n'est pas qu'elle ne lût jamais ; non, c'était une femme instruite, mais qui préférait le grec et le latin, et consacrait chaque jour quelques heures à l'étude de ses chers classiques ; tandis que les événements contemporains ne lui inspiraient ni intérêt, ni sympathie. Ce fut pour cela que lorsque son mari entra vivement dans le salon, elle leva sur lui des yeux étonnés.

— Une lettre de Julie, dit le pasteur, d'une voix qui trahissait une profonde émotion.

— De Julie ? répéta sa femme en posant son ouvrage ; il n'y a que huit jours qu'elle nous a écrit.

Julie était leur fille unique, depuis longtemps la compagne de sa grand'mère. Elle avait reçu de sa mère la permission ou l'ordre d'écrire tous les quinze jours à ses parents, et on lui répondait tous les quinze jours aussi. Cette lettre ne contenait que quelques lignes que voici :

« Chers parents, ma bonne grand'mère est morte ; elle s'est endormie tout doucement cette nuit, après avoir prié hier soir et m'avoir fait

chanter son cantique favori : « Qui sait si ma fin
« n'est pas proche? » Je ne puis vous dire comme
tout est triste ici. L'enterrement aura lieu après-
demain, et j'espère bien que papa viendra et me
ramènera à la maison. Je me réjouis de vous revoir.

    « Votre bien triste   JULIE. »

—Ma bonne vieille mère! Que Dieu soit béni de
lui avoir accordé une fin si douce ! dit le pasteur
douloureusement. Les yeux de sa femme étaient
humides; elle aurait volontiers brisé, dans ce
moment, la glace qui séparait leurs cœurs.

— Il faudra que tu partes demain, dit-elle;
veux-tu que j'aille avec toi?

— Je ne puis pas t'y engager, nous n'avons
aucun véhicule présentable, il me faut partir
de bonne heure et voyager rapidement; je crains
que cela ne soit trop fatigant pour toi.

— Comme tu voudras, répondit-elle en sortant pour faire les préparatifs du voyage.

Le lendemain matin, tout était prêt pour le départ; le pasteur n'appartenait pas à cette classe
d'hommes prévenus et gâtés par leurs femmes;
sauf ce qui était entièrement du domaine de la
ménagère, il avait dû songer lui-même à tout.
Cependant on aurait dit ce jour-là que Madame
se sentait plus vivement attirée vers son mari;

soit souvenir de souffrances passées, soit sympathie pour la douleur de son mari, elle était
plus prévenante, plus amicale dans l'accomplissement de sa tâche. Le ministre allait rendre
les derniers devoirs à sa mère! Mais si elle désirait lui témoigner un peu de sympathie et
d'affection, lui au contraire semblait absorbé
par la pensée que le seul cœur de femme qui
l'eût vraiment aimé avait cessé de battre, et
que cette mère tendre et dévouée n'avait jamais
trouvé que de la froideur chez sa belle-fille.

— Il va sans dire que je ramènerai Julie, dit-il
enfin. Et à cette perspective, un sourire de bonheur et de tendresse paternelle illumina son visage. Tu lui prépareras une bonne réception,
afin que la pauvre petite, en sortant de cette
maison de deuil, soit réjouie en rentrant sous
le toit paternel. Que sa chambre soit gaie et
jolie; laquelle lui donneras-tu? Elle est trop
grande maintenant pour partager la tienne, les
jeunes filles aiment à s'installer à leur guise dans
le moindre petit coin. La grande chambre du
rez-de-chaussée est froide et triste, celle qui est
sur le même palier que la mienne est occupée
par le vicaire; il faudra alors lui consacrer cette
petite mansarde qui a une si jolie vue.

Depuis longtemps M. Stern n'avait pas autant
parlé à sa femme; elle avait sur les lèvres un

message affectueux pour sa fille, un adieu cordial pour son mari; mais ces derniers mots lui fermèrent la bouche et le cœur, et elle resta muette.

— C'est ainsi qu'on veut m'enlever jusqu'au dernier souvenir, murmura-t-elle tandis que la voiture s'éloignait.

Et d'un pas régulier, sans bruit, elle monta lentement jusqu'à la chambrette que son mari lui avait désignée, et tirant la clef de sa poche, elle entra.

Dans un coin il y avait des caisses, des meubles hors de service; mais près de la fenêtre, une petite table recouverte d'une nappe blanche comme un autel. On voyait suspendus au mur un trophée, des armes, une bannière, une écharpe, et au-dessous une couronne de cyprès qui enchâssait un médaillon.

Madame Stern, qui croyait ne plus avoir de larmes à répandre, éclata en sanglots en regardant ces reliques.

— Encore ce sacrifice, dit-elle avec amertume, encore ce sacrifice!

Lentement elle prit chaque objet l'un après l'autre et les déposa au fond d'un coffre; elle ne donna pas une pensée à sa fille qui rentrait enfin sous le toit paternel, elle ne songeait qu'à sa propre douleur, à l'injustice dont elle était

la victime, et quand elle eut fait disparaître le
dernier vestige de ses douloureux souvenirs,
elle redescendit et donna des ordres à la servante afin que la mansarde fût préparée pour
la réception de Julie.

Elle se jeta sur le sofa, et, couvrant son visage de ses mains, elle s'absorba dans un passé
qui avait vu l'anéantissement de ses espérances
de bonheur et d'amour.

Ce délicieux portrait suspendu aux murs du
salon ne représentait pas une beauté idéale, mais
une réalité. Cette créature si belle, si douce, si
souriante était bien la même Elise que nous retrouvons si glacée, si glaciale, emblème d'un
désespoir résigné tout en restant inconsolable.
Le peintre l'avait comme entourée d'une auréole,
mais jamais il n'aurait pu la représenter aussi
rayonnante qu'elle l'était intérieurement en regardant l'avenir et en bâtissant ses châteaux en
Espagne..... L'avenir, hélas! tout pour elle avait
sombré!

Elise avait grandi au milieu des prairies, des
bois, des fleurs; son esprit poétique et ardent
avait trouvé là un aliment désiré. Fille d'un
riche pasteur de village, elle partageait avec

son frère unique les leçons de son père. Son
éducation différait de celle des autres jeunes filles de son âge, et quoique plus jeune que son
compagnon d'études, elle lui tenait tête quand
ils abordaient les auteurs grecs et latins.

Au lieu de lire des contes ou des romans, elle
faisait de Cornélius Népos, de Jules César ses
héros favoris. Au travers des tendances rationa-
listes de l'époque, un certain sentimentalisme
religieux se faisait jour, et peu d'âmes pouvaient
se soustraire à cette influence.

Il y avait un vice dans l'éducation d'Elise,
c'est que sa mère avait peu d'influence sur elle.
Sans doute il est beau de voir un père se dévouer lui-même à l'éducation de ses enfants;
mais quand des filles subordonnent tout à ce
culte respectueux et chevaleresque pour leur
père professeur, ne regardant plus leur mère
que comme une bonne femme dont toute la vie
doit se passer entre la cuisine et les bas à raccommoder, elles agissent évidemment contre le
bon sens et contre la volonté de Dieu.

Elise, à la vérité, quand son père l'y autori-
sait, prêtait son aide à sa mère; mais tout en
remplissant quelques-unes des humbles fonctions du ménage, son esprit était au-dessus de
ces petitesses, et rêvait de grands dévouements,
des sacrifices héroïques à la patrie.

Pendant les heures d'études, la lecture des classiques où parfois des poëtes nationaux qui parlaient de l'oppression pesant sur le peuple, des aspirations de ce même peuple vers l'affranchissement, la liberté, lui causait des élans d'enthousiasme patriotique. Mais lorsqu'elle se trouvait seule, assise au bord du ruisseau qui traversait le village, sous les ombrages de ces arbres séculaires dans lesquels chantaient joyeusement les petits oiseaux, elle sentait s'éveiller en elle le cœur et les rêves d'une jeune fille. Elle rêvait alors un cœur ami qui partageât toutes ses pensées, ses désirs, ses aspirations, un soleil lumineux à la chaleur duquel se développeraient ses facultés encore endormies, un chêne qu'elle enlacerait comme le lierre qui cherche à appuyer sa faiblesse sur la force du roi des forêts.

On la trouvait fière, et elle sentait qu'elle l'était; mais avec quel bonheur elle renoncerait à toute supériorité pour se laisser conduire, guider par cet être supérieur en intelligence, en talents, et qui tout en étant un homme, qui tout en satisfaisant tous les besoins de son cœur, l'associerait à ses efforts pour sauver la patrie.

Quand Elise rentrait, après ces heures d'ineffables rêveries et que sa mère lui parlait du pot au feu ou d'une lessive, elle ne pouvait retenir

un sourire de pitié, et se proposait, quand elle
serait une fois mariée, de montrer au monde
l'exemple d'un ménage modèle, et de plus, af-
franchi de toutes ces petitesses de détails. La
pauvre mère, femme de cœur et d'énergie, mais
d'une éducation fort simple se sentait de plus
en plus délaissée, même méprisée, depuis que
l'esprit de sa fille avait pris son essor vers les
hautes régions, et que son mari était sans cesse
en admiration devant ce génie naissant; elle sentait avec amertume ces manques de procédés et
ne trouvait de consolation que dans l'amour de
son Jules, de son bien-aimé fils. Le sourire patient
avec lequel Elise l'écoutait, l'exaspérait plus que
ne l'eût fait une opposition hardie; elle avait pris
le parti de se taire en face de ce mépris pour les
conseils d'une mère et pour les détails vulgaires
de la vie, mais en voyant Elise se considérer
comme un être supérieur elle soupirait en disant
tout bas : « Que celui qui croit être debout prenne
garde qu'il ne tombe ! »

Elise demeurait insensible à tous les hommages
dont elle était entourée, elle avait écrit dans son
journal : « Mon cœur ne se donnera qu'une fois;
mais lorsqu'il aura trouvé son maître, il se soumettra pour l'éternité. »

Le conquérant allait paraître. Jules était parti
pour l'université d'Iéna. La séparation fut dou-

loureuse quoique adoucie par une correspondance
intime et active qui faisait la joie et la consolation
d'Elise. Jules, comme tous les étudiants, supportait avec impatience le joug qui opprimait sa
nation ; il laissait deviner dans des phrases am-
biguës des projets de révolte, et ne doutait nullement du succès d'un mouvement populaire
dirigé et vivifié par un esprit patriotique et
désintéressé.

Elise s'identifiait à toutes ces espérances, elle
supportait comme un joug la vie ordinaire et mes-
quine à laquelle elle était soumise, et n'aspirait
qu'à un rôle héroïque devant lui procurer un
bonheur qu'elle achèterait au prix de son existence, ne dût-il durer qu'un instant.

Le mois de mars était arrivé, et avec lui ces
premiers jours de printemps, où le cœur comme
la nature s'épanouit aux rayons d'un soleil vivi-
fiant ; si l'automne nous inspire une douce mélancolie, le printemps au contraire nous remplit
de joie ; lorsque les feuilles tombent, nous son-
geons au passé, lorsque les arbres reverdissent,
nous jetons un regard tout joyeux d'espérance
vers l'avenir.

Elise rentrait d'une longue promenade, et venait de rejoindre ses parents au moment du souper, quand on entendit dans la cour du presbytère
le galop de plusieurs chevaux. Au premier mo-

ment, la frayeur paralysa tout le monde ; car dans ces temps de trouble, on sentait dans les esprits une agitation contenue mais toujours prête à éclater. Elise se remit la première de son émotion et courut ouvrir la porte d'entrée, tandis que sa mère restait clouée sur sa chaise.

Deux jeunes gens sautèrent à bas de leurs chevaux écumants ; la lune éclairait en plein la noble stature d'un des cavaliers, qui considérait avec étonnement la ravissante jeune fille qui s'offrait à ses yeux, inondée par la lumière de sa torche. « Elise ! » cria son compagnon, et elle se sentit pressée sur le cœur de son frère.

A ce moment arrivèrent père, mère, servante, valet ; chacun parlait en même temps, et ce ne fut qu'après un moment de désordre et d'agitation que Jules put obtenir un peu de silence. On parvint enfin à se reconnaître, on entra dans la maison, et tandis que la pauvre mère, à peine revenue de sa frayeur, considérait son fils avec amour, Elise pourvoyait à tous les arrangements domestiques et surveillait la réception qu'elle voulait faire à Jules et à son compagnon. Celui-ci suivait avec admiration tous les mouvements de la jeune fille.

Quand les voyageurs se furent un peu reconfortés, Jules prit la main de sa sœur, et la faisant asseoir près de lui :

—Vous allez apprendre, dit-il, pourquoi nous arrivons ainsi inopinément. Mon père, Elise ! l'ignominie qui pèse sur nous va cesser. Lisez la proclamation d'un homme de cœur.

Et d'une voix émue, il lut l'appel que le roi de Prusse adressait à son peuple.

— Et maintenant, mon père, le moment est venu, où il n'y a plus d'autre vocation que celle de défendre son pays. Je suis venu vous demander votre bénédiction ; j'entre comme volontaire dans un corps franc, ainsi que mon ami le comte de Falkenschwerdt. Que Dieu bénisse nos armes, et certainement il les bénira, puisque nous servons la bonne cause !

La pauvre mère regardait avec égarement son fils chéri, le préféré de son cœur, qui, tout d'un coup, quittait une position tranquille et sûre pour se jeter dans le tumulte d'une vie agitée et remplie de dangers ; elle entrevoyait déjà une séparation éternelle. Quant à Elise, elle ne pleurait pas, elle n'hésitait pas ; elle promenait ses regards de l'un à l'autre des jeunes gens, les considérant comme des héros se dévouant à leur pays, à une grande et noble cause. Un sentiment de bonheur pénétrait son cœur ! elle allait enfin entrer dans cette vie fiévreuse, accidentée, qu'elle rêvait depuis si longtemps.

— Tu oublies, mon enfant, dit le père après

un long silence, que tu es sujet d'un prince allié
de Napoléon.

— Je ne suis son sujet que comme votre fils ;
aussi pour tourner la difficulté, je me suis fait
adopter par mon oncle, qui, n'étant pas soumis
à la domination de notre prince, m'en a ainsi af-
franchi. Du reste, les alliances avec Napoléon ne
subsisteront plus longtemps, et bientôt tous les
cœurs allemands seront unis dans une seule et
même cause. Il faut que je tienne encore ma résolution cachée, mais je voulais auparavant obtenir votre bénédiction.

— Moi aussi, dit l'étranger, j'ai à lutter contre les angoisses d'un bon et tendre père ; j'ai
perdu ma mère il y a de longues années, et mon
père doute du succès de notre entreprise. Je ne
puis prendre du service que sous un faux nom ;
même à vous je ne puis découvrir le véritable, et
personne ne le connaîtra que lorsque nous re-
viendrons vainqueurs.

Le consentement du pasteur ne fut pas trop
difficile à obtenir ; quant à la mère, elle ne tenait
pas à passer pour une Spartiate, et ce fut à grand'
peine qu'elle donna son assentiment à ces projets.
Elle ne comprenait pas pourquoi, lorsque son
pays et son prince ne le réclamaient pas, elle
devait faire le sacrifice de son fils unique.

Les jeunes gens avaient compté se remettre en

route dès le lendemain matin; le triste état de leurs montures ne le leur permit pas, et si Jules fut contrarié de ce retard, ce fut parce qu'il prolongeait l'agonie des adieux, tandis que Falkenschwerdt prit aisément son parti de ce supplément de séjour sous le toit hospitalier du presbytère. Jules devina le sentiment secret d'Oscar, et sourit en jetant les yeux vers l'avenir qui, selon lui, allait niveler tous les rangs, toutes les fortunes, et confondre en un seul cœur tout le peuple allemand.

Le pasteur ne dormit guère cette nuit-là; il se promenait de long en large dans son cabinet; la mère, assise sur son lit, pleurait en disant: « Seigneur, s'il est possible, éloigne cette coupe de moi; sinon, que ta volonté soit faite et non pas la mienne! »

Elise ne prit aucun repos; debout près de sa fenêtre, elle regardait la lune et tâchait par avance de pénétrer le voile qui lui dérobait l'avenir et tous les grands événements qu'il réservait aux siens. Et tandis qu'elle escomptait ainsi ce temps qui demeurait néanmoins tout entier entre les mains de Dieu, les deux amis dormaient d'un sommeil profond et réparateur.

Le lendemain chacun se sentait oppressé par un sentiment de tristesse inexprimable en voyant approcher le moment d'une séparation peut-être éternelle. La pauvre mère surtout avait peine à contenir sa douleur ; Jules l'avait toujours mieux comprise que sa sœur ; il devinait la tendresse maternelle sous les détails les plus vulgaires et les recommandations les plus puériles ; aussi, ne se détourna-t-il pas avec mépris lorsqu'elle lui dit en hésitant :

— Si tu assistes à un combat, n'est-ce pas, tu ne te mettras pas au premier rang, mais tu songeras à ta pauvre mère !

Il la serra au contraire sur son cœur en l'embrassant avec amour :

— Oui, mère, je penserai toujours à tout moment à toi.

Elise était la seule qui ne fût pas absorbée par des préoccupations douloureuses ; jamais elle n'avait été aussi aimable, aussi prévenante, aussi attrayante. Ce n'était chez elle ni coquetterie, ni préméditation, mais comme un instinct féminin qui se réveillait pour la première fois.

— Elise, tu ressembles à un ange, murmura son frère en souriant.

— Que Dieu me rende heureuse, et je serai vraiment un ange, répondit-elle.

Tout son caractère se révélait dans ces paroles ; en échange du bonheur qu'elle attendait de la Providence, elle lui promettait de travailler à son propre perfectionnement.

Jules désira revoir les lieux témoins muets des jeux de son enfance; toute la famille l'accompagna dans ce pèlerinage; ses parents voulaient jouir de lui jusqu'au dernier moment. Elise et Falkenschwerdt les suivaient; ils parlaient peu, mais leurs yeux se rencontrèrent, leurs regards se confondirent l'un dans l'autre, leurs mains se cherchèrent, et sans qu'un mot d'amour eût été prononcé, leurs cœurs s'étaient compris et étaient unis pour toujours. Lorsqu'au moment du départ, après avoir tendrement embrassé son frère, Elise tendit la main à Oscar, il l'attira vers lui, la serra sur son cœur, et, déposant un baiser sur son front, il murmura :

— Si je reviens vainqueur, cette main me décernera le prix de la victoire.

Les jeunes gens partirent moins joyeux qu'à leur arrivée, mais avides de combats, de succès, et riches d'espérances. Les habitants du presbytère reprirent leur vie monotone, rendue plus monotone encore par la douleur de la séparation.

Pour la première fois depuis son enfance, Elise fit appel à la sympathie et à la tendresse de sa mère; celle-ci la comprit, l'encouragea et voulut lui laisser ses illusions sans mélange, tandis qu'elle entrevoyait pour sa fille bien des nuages, peut-être même bien des tempêtes.

5

Tandis que le monde extérieur était profondément ébranlé par des guerres et des bruits de guerre, le pasteur et sa famille reprenaient leurs occupations paisibles, excepté Elise qui ne vivait plus que des nouvelles que lui apportaient les journaux ou les lettres de son frère. Elle se promenait souvent sur les collines, regardant au loin dans la plaine et prévoyant le moment qui lui ramènerait les heureux guerriers couverts de gloire; le corps des volontaires entra en campagne, Elise l'accompagna de ses prières et de ses larmes; chaque lettre de Jules contenait un message d'Oscar; on ne pouvait cependant arrêter aucun plan pour l'avenir dans un temps aussi bouleversé et aussi incertain.

Le pasteur, voulant calmer cette imagination si exaltée, envoya sa fille chez une de ses amies; là, Elise fit faire son portrait, soi-disant pour son frère; chacun comprit à qui elle le destinait.

L'été qui devait voir l'accomplissement de tant de rêves, et amener la destruction définitive de l'oppression et de la tyrannie étrangères, éclaira une scène de désastre et d'horreur; le corps franc tomba dans une embuscade dressée aux ennemis, et toute la fleur de la noblesse d'Allemagne tomba sous les coups de ses frères d'armes.

Elise et ses parents attendaient avec anxiété

des nouvelles de Jules, lorsqu'ils apprirent sa mort, et reçurent ce qu'on avait pu recueillir des objets qui lui avaient appartenu : ses armes, sa montre, son buvard, dans lequel se trouva un papier sur lequel il avait tracé ces mots, d'une main mourante : « Dieu vous bénisse tous ! Elise, Oscar est tombé près de moi. »

On apprit plus tard que le comte de Falken-schwerdt avait succombé ; et jamais on ne sut son vrai nom.

Impossible de décrire la profonde douleur qui vint assombrir le presbytère, lutte suprême, durant laquelle le cœur ne peut pas croire à son malheur, ne sait pas l'accepter, sans pouvoir cependant lutter contre lui. La pauvre mère fut la première à puiser dans sa douce et vivante piété, la soumission et la consolation ; le père, qui avait si souvent apporté des paroles de paix au chevet des mourants, sentit combien il est plus facile de prêcher aux autres qu'à soi-même ! Les saintes Écritures sont si riches en promesses consolantes, qu'il nous semble facile de souffrir en nous appropriant ce trésor ; mais, hélas ! quand toutes ces promesses ne trouvent pas un écho dans un cœur déjà tourné vers son Dieu, elles nous semblent froides, dures, manquant de sympathie pour nos plus déchirantes douleurs. On pourrait alors feuilleter la Bible d'un bout à l'autre sans éprouver le moindre soulagement, sans en retirer la moindre consolation. Mais quand une fois on a trouvé la perle de grand prix, alors la Parole de Dieu devient un trésor inépuisable, qui seul peut rafraîchir, fortifier et relever nos âmes en les rapprochant davantage de leur Dieu Sauveur ! A ceux qui savent puiser ainsi à cette source profonde, l'épreuve même apparaît comme une bénédiction.

Elise n'essaya pas de lutter contre l'envahissement de sa douleur, elle ne chercha pas près de Dieu les forces qui auraient pu la soutenir ; non, elle souffrit et voulut souffrir ; elle avait, dans un moment d'égarement, désiré une seule heure de bonheur, fût-elle achetée au prix de toute une vie de larmes, et son désir insensé était accompli.

Sa douleur devint un culte ; elle la sentait si profonde, si cuisante que personne, lui semblait-il, ne pouvait l'entrevoir ou la comprendre ; elle ne tolérait pas la moindre allusion à la lourde croix qui pesait sur elle, et s'isolait dans son orgueilleuse souffrance, comme la déesse de la Désolation. Elle consacra un petit bosquet retiré au souvenir de son bien-aimé, et là, avec un médaillon, une mèche de cheveux et une poésie, seules reliques que Jules lui eût envoyées, elle passait des journées entières absorbée dans ses regrets, sans plaintes, sans larmes, ne demandant qu'une chose, la solitude !

En vain ses parents voulurent-ils la consoler, elle les considérait comme n'ayant point de cœur parce que l'un avait repris son ministère quoique avec une démarche plus cassée et des cheveux blanchis, et que l'autre conduisait la maison comme autrefois avec un visage calme et serein. Elle n'assistait pas aux luttes de ces cœurs brisés ; elle ne savait pas que c'était à genoux seulement qu'ils obtenaient la paix nécessaire pour accepter le coup qui les avait frappés.

Elle n'avait aucune espérance, aucune consolation, si ce n'est l'assurance de mourir bientôt et de rejoindre celui qu'elle avait tant aimé. Cependant les années passèrent, son visage pâlit, ses yeux perdirent leur éclat, mais elle vivait toujours et put se convaincre qu'on ne meurt pas de douleur.

Le pasteur mourut, et sa femme dut se retirer dans une petite ville voisine ; Elise la suivit.

Ce fut une stupéfaction générale quand la nouvelle se répandit qu'Elise était fiancée avec un jeune ministre, ami de sa famille, et qui s'occupait avec une vraie sollicitude de la veuve de son collègue.

Elise n'aurait pas pu expliquer elle-même les raisons qui l'avaient déterminée à prendre cette résolution. Elle la considérait comme un sacrifice fait à sa mère, et néanmoins jusqu'à ce jour son dévouement pour sa mère n'avait pas été grand. Elle connaissait Stern depuis longtemps et n'ignorait pas ses intentions, quoiqu'il ne les lui eût pas encore fait connaître. Son caractère simple, sérieux et ferme lui inspirait du respect, mais jamais elle n'avait abordé la pensée de l'épouser.

Elise avait essayé d'épancher sa douleur dans le cœur d'une amie; mais la trouvant trop calme et trop froide à son gré, elle avait cessé toute correspondance; néanmoins il lui était difficile de vivre uniquement de ses larmes. Elle n'avait pas cherché et par conséquent pas trouvé les consolations divines qui, tout en laissant subsister la souffrance, en ôtent l'amertume; l'accomplissement machinal de ses devoirs dans lequel elle n'apportait ni intérêt, ni amour, lui semblait un fardeau; la société d'une petite ville était insoutenable; elle ne savait pas attirer les cœurs, et pourtant toute créature humaine a besoin d'aimer et d'être aimée.

Elle avait vu très souvent Stern chez sa mère, et le trouvait moins ennuyeux que les autres

hommes; il obtint une position qui comblait ses
désirs, et quoiqu'il eût pu s'adresser ailleurs et
être mieux reçu, ce fut à Elise qu'il offrit sa protection et son appui pour traverser la vie.

Elle est encore à naître, la femme qui ne se
sentirait pas émue à la demande que lui adresse
un homme honorable et honoré. Elise écrivit
donc :

« Je reconnais la noblesse de votre conduite;
ma mère appuie votre demande, mais mon cœur
est enseveli dans *sa* tombe. Ce que je puis encore
vous offrir, mon respect, ma fidélité ne suffit pas
pour remplir un cœur. Songez bien à quoi vous
aspirez, et choisissez plutôt une femme qui pourra
vous donner tout son amour. »

Le ministre répondit :

« Chère Elise, je ne veux forcer ni votre volonté, ni votre cœur; si vous pouvez vous résoudre à vous confier à moi, je ferai tous mes
efforts pour gagner votre affection, et il me semble impossible de fournir ensemble notre carrière sans qu'un lien d'amour ne nous unisse in-
dissolublement l'un à l'autre. Pour le moment,
je vous demande votre confiance et le droit de
partager vos souffrances futures ou passées.

« Il n'entre pas dans mes vues de vous imposer comme *un devoir* la réalisation de mes vœux;
mais croyez-vous que Dieu ne vous ait pas des-

tinée à autre chose qu'à pleurer les morts?
Croyez-vous que la vie ne vous réserve pas
de devoirs plus élevés, peut-être même plus
doux?... »

Elise céda; elle accorda sa main au pasteur,
puisqu'il croyait être heureux sans son cœur.
Stern accepta sans hésiter; il voulait la ramener
à une vie réelle et utile; il voulait la rendre heureuse; et comme il l'aimait, il se persuadait qu'il
réussirait dans son entreprise.

Le temps des fiançailles ne fut pas un temps
plein de charmes pour le jeune ministre; bien
souvent Elise se reprochait son infidélité à son
premier amour, et l'image du jeune héros faisait
ombre sur celle du fiancé; elle rassurait alors sa
conscience en se promettant d'être une amie dévouée, pleine d'attentions, de respect pour son
compagnon de route; sa correspondance, tout en
décelant souvent une grande tristesse, parlait
surtout de ses bonnes intentions pour l'avenir, et
elle était sincère. Mais pour arriver au but qu'elle
se proposait, elle comptait sur ses efforts personnels, sur sa propre force, espérant après le
combat de la vie être reçue dans le ciel par celui
qui seul avait possédé tout son cœur ici-bas. Depuis que ses projets avaient été renversés, elle
ne s'occupait plus de cette Providence qui di-
rige toutes choses, et se croyait le droit de dis-

poser d'elle-même sans songer qu'elle aurait un
jour un compte à rendre, et sans que cette parole vînt frapper son oreille : « On demandera
au serviteur selon ce qu'il aura reçu. »

Elise n'avait pas commencé sa nouvelle carrière dans les dispositions où nous la retrouvons ;
non, elle désirait rendre son mari heureux, autant
que cela dépendrait d'elle, et quand elle prit possession de sa demeure, elle ne put s'empêcher
de regarder l'avenir avec plus de sérénité et de
confiance, et de dire : « Tout ira bien. »

Stern avait désiré que sa belle-mère vînt vivre avec eux ; mais celle-ci prit sagement le parti
de laisser le jeune ménage seul, sachant combien
ces premières années d'union sont parfois difficiles à traverser, et combien la présence d'un
tiers envenime les moindres querelles ; de plus,
Elise ayant une plus grande responsabilité sentirait la nécessité de s'occuper des soins domestiques ; en effet, Stern paraissait si joyeux de tous
leurs arrangements intérieurs, si reconnaissant
des soins de sa femme qu'elle se sentit réchauffée
par sa tendresse et s'étonnait d'être obligée de
raviver ses regrets au lieu de se sentir absorbée
comme jadis dans sa douleur.

5*

La lune de miel passa et lorsque la vie eut repris son cours, Elise fit quelques tentatives pour faire partager à son époux ses préoccupations habituelles. Elle parla de son frère, d'Oscar, de ses premiers élans de bonheur et d'espérance. Le pasteur eût mieux fait de la laisser parler, de s'associer à ses souvenirs, et insensiblement il l'eût ramenée à la vie réelle ; mais par un sentiment de jalousie bien naturel, il coupa court à ses confidences. Elle en fut profondément blessée, et de ce moment-là, elle se crut en toutes choses *incomprise*.

« Il ne me comprend pas ! Ce qui est la vie de ma vie le laisse indifférent, » répétait-elle, et dès lors elle se renferma vis-à-vis de lui dans un froid et morne silence. Elle consacra une petite mansarde au culte de ses reliques. Là, elle allait passer des heures entières à pleurer et à se souvenir, puis redescendait sombre et morose reprendre sa place au foyer conjugal.

Cette réserve glaciale dans laquelle Elise finit par s'ensevelir ne vint que peu à peu ; longtemps elle espéra pouvoir partager avec son mari toutes ses pensées et toutes ses occupations, ne réservant pour elle seule que le culte du passé ; mais peu à peu elle fut contrainte de renoncer à ses illusions, et repoussée dans ses derniers efforts, elle s'isola pour toujours. Une des raisons qui

l'avaient décidée à se marier avait été l'espoir de
continuer à deux les études sérieuses commen-
cées avec son père. Depuis son enfance elle avait
aimé à s'instruire, et ses auteurs grecs ou latins
avaient pu seuls la tirer par moment de la douloureuse torpeur qui avait suivi le naufrage de
son bonheur. M. Stern appréciait sans doute une
femme cultivée; il avait appris avec intérêt qu'E-
lise s'était occupée d'une littérature sérieuse, domaine exclusif de quelques savants; mais lorsqu'il
avait travaillé tout le jour, enfoncé dans ses livres
théologiques ou scientifiques, et que, descendant
un moment auprès de sa femme pour se délasser
l'esprit et le cœur, il voyait apparaître le dictionnaire et la grammaire latine, il ne pouvait s'empêcher de lui dire avec un léger mouvement d'impatience :

— Oh! ma chère amie, je suis trop fatigué;
laisse là tous ces livres et viens un peu causer
avec moi. Raconte-moi plutôt quelque chose d'in-
téressant.

Elise emportait les livres avec une majestueuse
dignité et se répétait sans cesse : « Incomprise,
incomprise. » C'est ainsi que s'éleva insensiblement un mur de séparation entre deux cœurs faits
pour se comprendre.

Et pourtant il leur aurait été si facile de s'entendre! Si le mari avait fait un effort pour s'as-

socier aux goûts littéraires de sa jeune femme,
il aurait vite trouvé du charme dans l'étude en
commun des chefs-d'œuvre de l'antiquité, étude
bien différente de celle à laquelle il avait dû
s'astreindre, lorsque, à peine sorti des bancs de
l'école, il avait servi de répétiteur à quelques
jeunes gens indisciplinés. Si Elise de son côté,
au lieu d'imposer ses goûts à son mari, avait
songé avant toutes choses à lui rendre son intérieur attrayant et agréable, à l'entourer d'aimables
attentions, à le laisser jouir auprès d'elle d'une
soirée de repos, même de silence, lui montrant
une tendre sympathie, partageant les joies et les
difficultés de son ministère, quelle influence n'au-
rait-elle pas acquise sur cette nature bonne, aimante et dévouée. Elle en serait peut-être venue
à lui faire regarder comme une douce récréation
quelques heures de lecture, alors même qu'il
eût fallu le dictionnaire pour vaincre quelque
grande difficulté. Mais non, l'un se disait : Après
tout, j'aurais dû réfléchir davantage, c'est une
nature froide, et qui n'entend rien au ménage.
L'autre se répétait sans cesse : Ainsi, il veut faire
de moi sa première servante, je ne suis bonne
qu'à cela, toute jouissance intellectuelle m'est
interdite.

Puis venaient ces détails de ménage dont un
homme ne devrait jamais se mêler ; Stern croyait,

comme beacoup de gens, que la jeune fille, du
jour de son mariage, se trouve transformée en
une ménagère accomplie ; habitué à l'ordre parfait, à la stricte économie de sa mère, un modèle
sous tous ces rapports, le pasteur ne pouvait supporter l'indifférence d'Elise pour une soupe fumée, un rôti brûlé ou une assiette cassée. La
jeune femme désirait remplir ses devoirs, mais
quand elle faisait fausse route, le démon de l'orgueil l'empêchait le plus souvent d'en convenir ;
lorsqu'elle était disposée à avouer ses torts, son
mari n'avait pas le bon esprit de lui en savoir
gré ; les rapports devinrent difficiles, parfois ai-
gres, et ces coups d'épingles répétés envenimè-
rent la plaie et la rendirent incurable.

La conscience d'Elise se réveillait de temps à
autre, et elle prenait la résolution de faire quelques efforts personnels pour rendre son mari plus
heureux. Un jour d'hiver, assise solitaire dans son
salon, elle pensait par extraordinaire au présent
et non au passé, et se rappelait le dévouement,
la bonté dont Stern l'avait entourée au début de
leur union. Il était sorti par un temps affreux
pour visiter une pauvre malade. Si à son retour
il trouvait au coin du feu ses pantoufles et sa
robe de chambre, sa pipe et une tasse de thé bien
chaude ? Elle alla chercher tous ces objets et at-
tendit impatiemment (peut-être pour la première

fois) la rentrée du maître du logis. Enfin la sonnette retentit, elle se lève pour ouvrir elle-même
la porte, lui souhaiter la bienvenue.

— Penseras-tu enfin une fois à faire rentrer le
bois sous le hangar? dit le pasteur avec impatience; depuis huit jours je te le demande, et
maintenant il est tout mouillé. A quoi donc notre
servante est-elle utile?

— Je pourrai le faire moi-même, répondit
Elise blessée au vif, puisque c'est si important
que tu ne penses pas à autre chose en rentrant
à la maison.

Et une fois de plus, la jeune femme rentra
dans sa chambre, en se répétant ces mots déso-
lants : « Incomprise, incomprise! »

Le ministre avait une fort mauvaise mémoire
pour les dates, et comme il n'aimait pas ces fêtes de famille qui bouleversent toute une maison, il les oubliait plus volontiers encore.

Elise, au contraire, avait toujours été comblée
de fleurs et de cadeaux à chacun des anniver-
saires de sa naissance, et trouvait que ces jours
exceptionnels poétisaient la vie. Au premier qui
s'était présenté après son mariage, elle s'était
levée de bonne heure, avait mis un soin particulier à sa toilette et attendait les vœux et les
félicitations de son mari avant de descendre
pour le déjeuner. La porte de sa chambre s'ou-

vrit et Stern entra dans un négligé complet, sa robe de chambre à la main :

— Quand donc te décideras-tu à me raccommoder ce coude qui est percé depuis quinze jours? j'ai honte de paraître ainsi devant mes paroissiens.

Elise, qui s'attendait à un compliment bien tourné, fut stupéfaite de la manière dont son époux commençait une semblable journée, et prenant la malencontreuse robe de chambre d'un air de dignité offensée, elle se mit à l'ouvrage sans prononcer un mot. Le pauvre pasteur ne comprenait pas ce qui avait pu blesser sa femme, car il ne lui demandait qu'un service bien ordinaire, et Elise ne réfléchit pas que si elle avait eu plus de prévoyance et de soins, elle se serait épargné cette douloureuse déception; elle aima mieux s'envelopper dans son sentiment d'innocence persécutée et se répéter une fois de plus : « Incomprise, seule au monde! »

Lorsque dans le courant de la journée arrivèrent les cadeaux de sa mère et de sa belle-mère, le pauvre Stern, rappelé au souvenir de la date, voulut faire amende honorable pour son impardonnable distraction, il fut reçu avec tant de hauteur et de froideur que, malgré lui, il dut renoncer à un raccommodement; et lui-même, blessé à son tour des manières de sa femme, sentit se creuser entre leurs cœurs un précipice infranchissable.

Le pauvre Stern détestait les querelles autant que les réconciliations; sa nature droite, aimante, mais, il faut l'avouer, peu poétique, ne comprenait pas combien un mot de tendre sympathie, d'encouragement affectueux, d'indulgence pour une faiblesse peut relever le courage d'une femme qui se sent aimée et guidée par un époux sur lequel elle est fière de s'appuyer. Il se figurait que ses bonnes intentions devaient lui tenir lieu d'égards et de petites précautions pour éviter de blesser un cœur susceptible. Elise était trop fière, trop égoïste pour faire la moindre avance, et le pasteur voyait avec effroi l'abîme qui les séparait et comprenait, trop tard, combien ils avaient été coupables tous deux en contractant une union qui n'aboutissait qu'à les rendre malheureux. Le seul lien qui eût pu encore les rapprocher n'existait pas entre eux : une même foi et de communes espérances.

Elevée dans un milieu rationaliste, Elise ne sentait pas le besoin d'une foi vivante et agissante; elle ne voyait dans les sermons de son mari qu'un mysticisme incompréhensible, des devoirs austères, des obligations positives, et comme les paroles et la conduite de Stern n'étaient malheureusement pas toujours conformes à ses discours, elle en concluait que ses doctrines étaient impraticables. Le ministre, quoique désirant par-dessus toutes choses faire pénétrer dans l'âme de sa femme ces vérités consolantes qui font luire l'espérance et la joie dans les cœurs même les plus brisés, n'osait aborder ces questions directement avec elle; de là des sermons dans lesquels Elise voyait une allusion à ses manquements journaliers, et qui dès lors la blessant manquaient tout à fait leur but.

La jeune femme s'enferma donc de plus en plus dans ses regrets, se reprocha son inconstance et négligea tout effort pour faire briller un rayon de soleil au-dessus du presbytère.

Une espérance vint bientôt réchauffer tous les cœurs; les époux se flattaient que leur horizon allait s'éclaircir, Elise comptait avoir un fils; il s'appellerait Oscar; ce serait un garçon vigoureux, beau, ardent; elle l'élèverait pour la patrie, le nourrirait des rêves de gloire qui l'animaient elle-même, en un mot il serait le portrait du héros mort en combattant pour la liberté. Le pasteur ne faisait aucun plan; il demandait à Dieu que cet enfant réveillât le cœur de sa mère et la réconciliât avec son sort présent.

Ce garçon tant attendu fut une fille, qui ressemblait étonnamment à son père; Elise, qui
n'avait pas même entrevu cette possibilité, lui
donna à peine un regard et se renferma plus que
jamais dans un strict accomplissement de ses devoirs maternels. La petite Julie grandit sans
s'apercevoir de tout ce qui lui manquait, et si
elle ne recherchait jamais la présence de sa
mère, par contre son amour pour son père était
passionné; elle lui tendait ses bras potelés, poussait de petits cris de joie à son approche, et aussitôt qu'elle put faire quelques pas, elle profi-
tait du moment où la porte du cabinet s'entr'ouvrait pour s'y faufiler et s'y installer comme dans
son domaine.

Le baby devint une gracieuse fillette, gaie,
souriante, peu disposée à l'étude, et par contre
adroite de ses doigts, tricotant, cousant, s'occu-
pant du ménage comme une petite femme. Elise
en conclut que c'était une nature très ordinaire, un esprit peu propre à la culture, et que
jamais il ne pourrait exister de sympathie entre
elles.

Lorsque l'enfant fit place à la jeune fille,
Stern, qui trouvait la tâche d'instituteur au-dessus de ses forces, et qui sentait que la maison
paternelle était bien triste, bien morne pour son
trésor chéri, consentit à la confier à sa mère qui

habitait une petite ville où il y avait plus de ressources pour l'éducation de Julie.

Elise ne s'y opposa pas; elle fut même soulagée de n'avoir plus aucune obligation qui la ramenât forcément à la vie ordinaire.

Depuis longtemps ses manières froides et hautaines avaient éloigné tous les visiteurs; les premières tentatives de ses paroissiens avaient échoué; Stern ne voulait plus s'exposer aux commentaires de chacun. Sa femme s'obstinait dans les réunions à garder un silence dédaigneux; insensiblement toutes les relations se rompirent, et le vide se fit autour du presbytère.

Ce pauvre presbytère! il ressemblait au château de la *Belle au bois dormant*, tout y semblait pétrifié, choses et gens; seulement on n'y attendait pas le baiser magique qui devait en réveiller les habitants, car les cœurs eux-mêmes étaient cristallisés, jusqu'au souvenir de son bonheur éphémère qui n'apparaissait à Elise que comme un sentiment glacé, mausolée de marbre que n'entourait aucune fleur; la douleur était morte comme le cœur qui avait tant pleuré.

On plaignit beaucoup dans la contrée le jeune vicaire quand il accepta la suffragance de M. Stern. Prenez garde, lui disait-on; bientôt toutes vos facultés seront paralysées, car il n'y

a pas d'âme vivante dans ces murs. Néanmoins
M. Volker persista dans son acceptation ; le cœur
lui battait bien un peu en tirant cette sonnette
rouillée qui retentit bruyamment dans la maison
silencieuse, mais il avait résolu de ne pas se laisser gagner par la contagion et d'animer ce foyer
sombre et sans joie ! Elise, qui vit bien l'impression qu'elle produisait, était encore assez femme
pour vouloir plaire, et fut ce soir-là remarquablement aimable. Elle écouta les récits animés
du jeune homme, se fit raconter sa jeunesse, les
trois années passées en Silésie comme précepteur
dans une famille princière, et quand elle lui dit
bonsoir, sous cette apparence glaciale, Volker
crut sentir une sorte de bienveillance.

Insensiblement et malgré ses belles résolutions,
le vicaire subit l'influence de l'atmosphère qu'il
respirait ; il devint silencieux, taciturne, et ne
retrouvait sa gaieté que lorsqu'il allait faire des
excursions dans les environs. La triste monotonie
du presbytère commençait à lui peser, quand il
apprit que le pasteur comptait ramener sa fille
au milieu du cercle de famille. Cette attente lui
ouvrit de nouvelles perspectives ; il se demanda
si elle ressemblerait au portrait du salon, si elle
aurait cette beauté, cette grâce angélique, et il
conclut qu'une fée comme celle-là pourrait seule
transformer un intérieur aussi désolé.

Elise avait fait transporter ses reliques dans
son alcôve; la chambrette de sa fille était prête,
et malgré toute son apparente froideur, ce n'était
pas sans une certaine émotion qu'elle attendait
l'arrivée de son enfant; son cœur battit même
plus vite, lorsqu'elle sentit les bras de Julie pas-
sés autour de son cou, et une voix qui lui disait
au milieu de baisers et de larmes : « Maintenant,
je ne vous quitterai plus, je vous appartiens tout
entière désormais. »

Quand la lumière de la lampe vint éclairer ce
jeune visage, Elise se sentit profondément désap-
pointée en n'y retrouvant aucun de ses traits ni
de ceux de son frère. Le vicaire se trouvait ridi-
cule de se sentir ému ce soir-là en entrant au salon; mais quelle déception pour lui, lorsqu'en
saluant la nouvelle venue, qu'il s'attendait à
trouver semblable au portrait, il vit devant lui,
au lieu d'une taille élancée, de cheveux blonds
dorés, de beaux yeux bleus, une petite personne, un peu grasse, un peu brune, des cheveux abondants d'un noir de jais et des yeux
bruns vifs et malins tout en conservant une
expression de bonté et de douceur. Son père
la contemplait avec bonheur et répétait : « Tout
le portrait de ma bonne mère dans sa jeunesse ! » Qu'importait au vicaire que Julie res-
semblât à sa défunte grand'mère ! Il se l'était

représentée si différente de ce qu'elle était!

Quant à Julie, elle n'avait pas pris le temps de se tracer un portrait du suffragant; elle trouvait ennuyeux qu'un étranger fît partie du cercle de famille au moment de son arrivée, et sa pensée n'accordait pas d'autre place à M. Volker. La mort de sa grand'mère, la première épreuve de sa vie, avait tellement bouleversé son cœur aimant qu'il lui semblait impossible de reprendre jamais un peu de gaieté ou d'entrain. Ce chagrin était un lien puissant entre le pasteur et sa fille. Elise, toujours froide et compassée avec sa belle-mère, avait su maintenir de bons rapports, mais aucune intimité n'avait uni ces deux femmes; la politesse un peu exagérée, les compliments continuels que Madame Stern faisait à sa belle-fille, fatiguaient celle-ci, qui ne se donnait pas la peine de chercher sous ces formes cérémonieuses la source d'où provenait cette inépuisable bienveillance, et méconnaissait ce cœur simple, aimable et dévoué.

Aussi, dès son installation au presbytère, Julie, toujours reçue froidement par sa mère, se rapprocha davantage de son père et devint sa compagne de promenades, et l'hôte habituel du cabinet d'études. Ils avaient un thème inépuisable pour leurs causeries; Julie ne se lassait pas de parler de sa bonne grand'mère, et son père l'é-

coutait avec bonheur raconter des traits de bonté,
d'abnégation de celle qu'il avait tant aimée. Julie
s'en voulait de ne plus se sentir aussi absorbée
dans sa tristesse qu'aux premiers jours de deuil,
mais elle était jeune et tout en sentant profondément, son caractère enjoué reprenait le dessus,
et l'on entendait parfois résonner une joyeuse
chansonnette.

Quoique le suffragant n'aimât ni les cheveux
noirs, ni les yeux bruns, il ne pouvait méconnaître l'influence qu'exerçait la jeune fille dans
la maison paternelle, et souvent il se surprenait
à regarder Julie presque avec autant de plaisir
que le fameux portrait.

Julie n'était pas ce qu'on peut appeler une nature poétique ; un clair de lune, quelque beau
qu'il fût ne l'avait jamais émue jusqu'aux larmes ;
mais elle aimait la belle nature, les fleurs, l'air,
la liberté. Le vicaire s'était figuré toutes les jeunes filles, mélancoliques, tendres, un peu dans
les nuages ; néanmoins l'inaltérable bonne humeur de Julie, sa franchise, son activité, sa complète abnégation, ce que les Anglais appellent si
bien : *The houschold virtues*, lui paraissaient sous
un jour de plus en plus favorable. Bientôt il se
surprit interrompant ses études les plus profondes
pour écouter le pas élastique, la voix joyeuse de
la fée du logis.

Les repas étaient silencieux comme autrefois, mais sur la cheminée il y avait des fleurs, sur la table une corbeille à ouvrage ; Julie prenait souvent part aux promenades ; elle s'arrêtait à chaque pas, pour faire une caresse à un enfant, pour en consoler un autre, pour écouter les lamentations d'une vieille femme ; elle connaissait tous les voisins, leurs soucis, leurs joies ; et il lui arrivait quelquefois d'interrompre une conversation sérieuse pour dire à son père : « Si tu prêtais un peu d'argent à Michel pour acheter une charrette, il pourrait peut-être se tirer d'affaire. » Il y avait tant de cœur sous sa *prose*, tant de véritable intérêt pour tous ceux qui l'entouraient, qu'on lui pardonnait volontiers de ne pas en mettre autant aux discussions politiques ou scientifiques.

Quant à sa piété, elle était comme elle-même, simple, profonde, aimante ; sa Bible à la main, elle « éprouvait toutes choses, retenait ce qui était bon, » l'appliquait aux besoins de son âme, à sa conduite journalière, et ne comprenait pas qu'on pût avoir un doute quand la Parole de Dieu avait parlé. Volker, à peine sorti de l'école de théologie, ballotté entre une foule de systèmes humains, par les vagues du doute et de l'incrédulité, et n'entrevoyant que de loin encore le phare lumineux qui devait le conduire au port, se laissait gagner par cette influence si douce, si naïve, et cette foi d'enfant, était pour lui un exemple et un modèle.

Et Julie? quels étaient ses sentiments? Elle était toujours sereine, toujours aimable, sans rêveries, sans tristesse. Seulement depuis qu'elle dirigeait le ménage, les mets favoris du vicaire paraissaient souvent sur la table ; et quand elle descendait l'escalier pour accompagner son père à la promenade, elle tournait souvent la tête comme si elle attendait quelqu'un.

— As-tu oublié quelque chose? disait le pasteur.

— Oh! non, je croyais seulement que ta porte n'était pas bien fermée.

— Peut-être Volker nous rejoindra-t-il plus tard, il est encore occupé.

— Vraiment! je ne pensais pas du tout à lui.

Si Elise avait eu un œil maternel, elle aurait compris ce qui se passait dans ce cœur, et interprété la brûlante rougeur qui accompagnait ces petits mensonges.

Quant au vicaire, il n'eut pas besoin de tout un hiver pour être au clair sur ses sentiments. Il sentit que cette fraîche fleur ne devait pas se flétrir dans cette atmosphère desséchante, et qu'il serait heureux d'en prendre soin. Mais, hélas! il n'avait aucune position stable en perspective, il

6

redoutait les longues fiançailles, et puis Julie
était encore si jeune! Néanmoins il aurait bien
voulu savoir ce qu'elle pensait, et justement c'é-
tait là le difficile.

Le printemps fut remarquablement précoce
cette année-là, et le mois de février fut si chaud
qu'on aurait pu se croire en été; un jour le vicaire
était à sa fenêtre lorsqu'il vit Julie dans le jardin,
il descendit aussitôt, bien décidé à rompre la
glace et à aborder la grande question.

— Quel temps magnifique! dit-il en abordant
la jeune fille.

— Et si chaud! répondit-elle.

— Ne vous asseyez-vous pas un instant dans
le bosquet?

— A quoi pensez-vous donc? dit-elle en riant;
voyez ce banc qui tombe en ruines et cette couche
de glace qui l'entoure. Et ouvrant une des por-
tes du jardin : Michel, Jacob, venez vite me donner un coup de main; et toi, Margot, apporte un
balai pour nettoyer ce bosquet; et quand l'été
sera venu, je vous donnerai à chacun une belle
branche de groseilles rouges.

Aussitôt une bande de petits travailleurs volontaires envahit le jardin et se mit à l'œuvre

sous la direction de Julie. Le pauvre vicaire, environné de toutes parts de cette bande joyeuse, remonta dans son cabinet sans avoir pu s'expliquer. Longtemps il resta à la fenêtre à suivre les mouvements des petits ouvriers, et à admirer la gaieté, l'activité que déployait leur directrice en chef. Il lui sembla même que plusieurs fois Julie leva vers lui un regard furtif, et jamais le paysage ne lui avait semblé si ravissant.

Le mois de mars était toujours un moment difficile et douloureux pour Elise; c'était à cette époque qu'elle avait vu et aimé son idole, et quand l'anniversaire de ces jours lumineux revenait, elle se renfermait plus que jamais dans son indifférence, son mutisme et sa douleur. Souvent, pour échapper à toute observation, elle s'absentait des demi-journées, sans qu'on songeât autour d'elle à s'en préoccuper. Elle rentrait d'une de ces longues et solitaires promenades, quand elle entendit des voix dans le bosquet; fatiguée et sans trop se rendre compte de ce qu'elle faisait, elle s'assit au-dessous, cachée par des arbres. Volker et Julie causaient ensemble.

— Chère Julie, ne pourriez-vous pas laisser un moment votre ouvrage? j'ai tant de choses à vous dire.

— Ne puis-je pas vous écouter tout en tricotant? demanda la jeune fille d'un ton un peu anxieux.

— J'ai reçu aujourd'hui inopinément une bonne nouvelle, continua le vicaire, et c'est à vous, la première, que je veux l'annoncer. Mon ami et mon protecteur, le comte d'Arensberg, m'écrit que la cure qui dépend de son domaine est vacante et qu'il espère que je voudrai bien quitter la Souabe pour la Silésie. Il est venu dans ce pays pour me revoir, et m'annonce sa visite prochaine.

— Je vous en félicite sincèrement, dit Julie avec cordialité, mais avec moins de vivacité que d'ordinaire.

— Julie, reprit le jeune homme avec une émotion croissante, le presbytère d'Arensberg est dans un site charmant, entouré d'arbres et de fleurs, à proximité de mes nobles amis; croyez-vous qu'il pût remplacer pour vous le toit paternel, et pourriez-vous, voudriez-vous partager avec moi vos joies et vos douleurs?

Elise oublia un instant toutes les années qui venaient de s'écouler, et, pour la première fois, son cœur battit à l'unisson de celui de sa fille; elle retint son haleine pour écouter la réponse, mais il se fit un long silence.

— Je ne veux pas vous importuner, reprit tristement Volker, encore moins vous faire de la

peine ; jamais vous ne m'avez donné sujet de
croire que vous puissiez éprouver pour moi un
tendre sentiment, et je ne saurais me plaindre de
votre refus.

— Je veux que vous me compreniez bien, dit
enfin Julie d'une voix tremblante, quoique claire
et ferme ; je déteste les malentendus. Dieu sait
que je vous suis tendrement attachée et que je
vous suivrais volontiers jusqu'au bout du monde ;
mais je ne puis pas vous suivre, et aussi longtemps que mon père vivra, il est impossible que
je le quitte. Je sais ce que vous allez me répondre, continua-t-elle tristement ; vous me direz
que la jeune fille est destinée à quitter ses parents quand son bonheur est assuré, et que mon
bonheur serait celui de mon père. Je ne sais pas
comment les rapports que vous connaissez se sont
établis entre mes parents ; mais ce que je sais,
ce que je comprends avant tout, c'est que mon
père a besoin de tendresse, et je puis lui en donner beaucoup. Aussi la volonté de Dieu m'apparaît bien claire : je dois rester auprès de lui. Et
ma pauvre mère ! l'heure viendra peut-être où
elle aura besoin de tout l'amour de son enfant, et
où elle souffrirait si nous étions alors séparées.

Les larmes étouffèrent la voix de Julie ; néanmoins, surmontant son émotion :

— Ne me dites plus rien, reprit-elle doucement. J'ai bien réfléchi, et je suis assurée de marcher sous le regard de Dieu. Ne soyez pas fâché contre moi, pensez toujours à moi avec sympathie et affection ; ne me plaignez pas, et que Dieu vous bénisse et vous conduise. Ici je ne puis pas faire grand'chose ; mais je puis les aimer tous les deux, et le Seigneur me donnera la paix et la joie.

Julie se tut et s'éloigna ; le vicaire la suivit, et longtemps, bien longtemps après, Elise rentra à la maison. Elle trouva sa fille à l'ouvrage, les yeux rouges de larmes ; mais celle-ci s'occupa comme chaque jour de la cuisine, de la cave, n'oublia aucune des petites attentions dont elle comblait son père, seulement sa voix avait quelque chose d'un peu plus sourd et ses yeux étaient légèrement humides.

Et c'était cette enfant que sa mère avait accusée de manquer d'intelligence et de cœur ! Elise ne témoigna rien des sentiments qui l'agitaient, mais elle regardait sans cesse celle qu'elle avait méconnue !

Le vicaire avait annoncé sa promotion au pasteur, qui fut surpris du calme avec lequel il recevait cette faveur ; il s'était attendu à une autre communication que son cœur paternel désirait et redoutait tout à la fois ; mais cette communication-là ne vint pas. Les jeunes gens restèrent aussi simples l'un vis-à-vis de l'autre, et il aurait fallu un œil plus exercé que celui de Stern pour remarquer leur contrainte et leur tristesse. Volker aurait voulu parler, mais Julie lui avait fait promettre de garder le silence, et il se contentait de haïr presque ce ménage incompréhensible qui le vouait, ainsi que Julie, au chagrin et à l'isolement.

Peu de jours après l'explication du vicaire, Julie était sortie avec son père; Volker était allé à la ville, et Elise restait seule au logis, absorbée dans les pensées qui se pressaient tumultueusement dans son esprit. Elle songeait à cet amour qui avait envahi toute sa vie, son cœur, ses facultés, qui l'avait détournée de tous ses devoirs, auquel elle avait sacrifié le bonheur de son mari, et peut-être celui de son enfant. Que moissonnerait-elle après tant d'années de larmes, de tristesse amère, de découragement profond? Du moins, si elle avait perdu le cœur de son mari sans retour, elle pouvait encore faire un effort pour rendre sa fille heureuse, et cet effort elle le ferait certainement.

Un violent coup de sonnette l'arracha à ses rêveries; la servante introduisit dans le salon un étranger au port noble, au visage intelligent et animé, quoique son front fût labouré par une profonde cicatrice qui aboutissait à l'œil gauche privé de la vue; sa voix était mélodieuse et sympathique; il se présenta lui-même sous le nom du comte Arensberg, l'ami de Volker. Sans savoir pourquoi, Madame Stern se sentait agitée; cette voix lui causait une émotion indicible; le comte la regardait depuis un moment, quand son œil tomba sur le portrait dont nous avons si souvent parlé.

— Elise! s'écria-t-il avec force en lui tendant la main.

— Oscar! vous vivez! dit-elle, pâle et tremblante; vous vivez, tandis que je vous pleurais comme mort, tandis que je me consumais en regrets et en larmes! Oh! ma vie perdue!

Le comte, effrayé par l'expression de son visage bouleversé, la conduisit jusqu'au divan et la fit asseoir; puis, refoulant lui-même son agitation, il lui dit:

— Elise, pouvez-vous m'écouter?

Elle le regarda vaguement.

— Lorsque je vous quittai, reprit-il, j'emportais dans mon âme un rayon de soleil et d'espérance, la pensée que pour vous mériter il *fallait* être victorieux. Au milieu des camps et des combats, votre image planait devant mes yeux comme pour m'électriser. Au moment où je tombai à côté de votre frère, je pensais à vous, et en perdant connaissance, mon cœur vous envoyait un dernier adieu. Je fus laissé pour mort sur le champ de bataille ; ce ne fut que bien des mois après que j'appris qu'un vieux serviteur de ma famille m'avait découvert sous un monceau de cadavres, et fait transporter dans le château de mon oncle ; au bout de quatre mois, je repris mes sens, ayant, durant toute cette période, lutté entre la vie et la mort, en proie à un délire affreux ou à une prostration telle qu'on attendait mon dernier soupir. J'avais été admirablement soigné par tous les miens, mais surtout par ma cousine Agnès, douce et simple enfant, toujours dévouée et prête à s'oublier elle-même, puisant des trésors d'abnégation et de charité à la source seule inépuisable..... Je ne vous avais pas oubliée, Elise ; votre nom errait sur mes lèvres dans mes heures de délire, et je parlais beaucoup de vous à Agnès. Je lui racontais cette journée qui avait uni nos cœurs en nous donnant les promesses d'un lumineux avenir ; elle m'écoutait avec intérêt et sympathie, et apprit aussi à vous aimer. Dès notre enfance, nos parents avaient désiré que j'épousasse Agnès, mais je n'avais jamais été attiré vers elle ; maintenant, au contraire, je sentais une affection vive et profonde s'emparer de mon cœur. Ce fut elle qui me rappela mes premiers engagements et raviva votre souvenir. Je veux être vrai avant tout, Elise ;

votre image m'accompagnait toujours comme un reflet de mon heureuse jeunesse, mais je sentais pour ma cousine un sentiment plus durable. Mon père écrivit à votre ancienne résidence pour savoir ce que vous étiez devenue; on nous apprit que votre père était mort et que vous vous étiez mariée. Dès lors je me sentis libre de suivre mon désir, et lorsqu'après de longues hésitations, Agnès consentit à devenir ma femme, nous ne cessâmes pas ensemble de faire des vœux pour votre bonheur et de prier pour celle qui avait illuminé mes belles années d'enthousiasme et de jeunesse. Je ne connaissais pas le lieu de votre résidence; le hasard seul m'a conduit près de vous, et pourtant j'avais toujours désiré vous revoir un jour ici-bas, en attendant la réunion éternelle... Puis-je espérer que vous avez pensé à moi comme à un ami absent?

— Comme à un ami! s'écria Elise avec feu; comme à un ami! Tandis que *tu* pensais à moi dans tes jours de loisir, tu étais la vie, la lumière, l'espoir de ma vie, mon unique pensée! Tandis que tu m'oubliais, je te pleurais comme peu de femmes savent pleurer; tandis que tu en aimais et en épousais une autre, j'ai longtemps repoussé tous les hommages... Enfin, je me suis mariée, c'est vrai, parce que je me sentais isolée, sans appui, et que j'espérais faire partager à mon

mari ma douleur et mes larmes; mais quand j'ai
vu qu'il ne pouvait pas me comprendre, je me
suis éloignée de lui et j'ai renfermé dans mon
cœur toute l'amertume dont j'étais abreuvée. J'ai
foulé aux pieds le bonheur d'un époux, anéanti
toute vie du cœur pour moi-même. Mon existence
ressemblait à un désert aride, sans verdure, sans
eau, sans fleurs !

Elise s'était levée en disant ces mots, lorsque
tout à coup un sentiment d'orgueil et de fierté
blessée se réveilla; son amour oublié, dédaigné,
sa vie brisée, tout lui apparut à la fois, et elle se
sentit défaillir :

— Pardonnez, Monsieur le comte, ces récri-
minations involontaires; laissez-moi seule, je vous
en conjure.

— Je ne puis vous laisser seule, dit le comte
d'une voix profondément émue; que Dieu me
pardonne d'avoir ainsi troublé et empoisonné
votre existence. Je ne sais si la maladie avait
brisé ma force de volonté, ou si l'inconstance de
mon cœur me fit oublier mon premier amour,
l'amour d'un jour ! Mais ce que je comprends
maintenant, c'est que j'aurais dû prévoir les conséquences d'un engagement prématuré, c'est que
j'aurais dû chercher à vous revoir au lieu de me
contenter des renseignements qu'on donna à mon
père; je déplore ma légèreté, mon inconséquence,

et je suis disposé, autant qu'il sera en mon pouvoir, à réparer le mal que j'ai fait. Mais si j'ai
pu vous être infidèle, Elise, je suis resté fidèle à
mon Dieu. Mon Agnès m'a fait comprendre par
sa conduite, son dévouement, son inaltérable et
inépuisable charité que l'amour pour notre Dieu
se traduit en amour pour nos frères. Je vous savais mariée, Elise, et je ne doutais pas que douée
comme vous l'étiez d'une nature enthousiaste et
aimante, vous ne fussiez pour votre mari une aide
semblable à lui, visitant avec lui les chaumières,
les pauvres, les malades, et recueillant partout
des bénédictions et de l'amour. Je n'avais jamais
supposé que nous pussions nous retrouver dans
une situation comme celle d'aujourd'hui.

Elise avait caché son visage dans ses mains et
des larmes brûlantes coulaient sur ses joues. Ce
fut avec plus de douceur qu'elle répéta sa prière :

— Je vous en prie, laissez-moi seule.

— Nous ne pouvons pas nous quitter ainsi,
Elise; si vous le voulez, je vais partir, mais per-
mettez-moi de revenir.

Elle fit un signe d'assentiment.

—Eh bien, je vous quitte. Dites à Volker que je
reviendrai, puisque je l'ai manqué, puis-je espérer que nous nous reverrons avec plus de calme?

Elise lui tendit la main; après l'avoir affectueusement pressée, il sortit.

L'heure qui suivit son départ fut une heure
de violente lutte pour Elise. Le voile d'illusions
qu'elle avait volontairement épaissi autour d'elle
tombait; elle voyait sa vie gaspillée, perdue, le
bonheur de son mari détruit, son enfant qui lui
était devenue étrangère, le champ que Dieu lui
avait donné à cultiver, aride et désert, les talents
qui lui avaient été confiés, enfouis sous la terre
comme ceux du serviteur infidèle; toutes ses
fautes se dressaient devant elle, et, presque
désespérée, elle se répétait sans cesse : « Trop
tard, trop tard! »

Mais l'homme a un admirable privilége, celui
de s'accuser, de se repentir et de voir briller
l'étoile consolante du pardon et de la grâce.

Elle se retira dans sa chambre avant le retour
du pasteur et de Julie; cela lui arrivait si souvent
que personne n'y prit garde; il lui fallait la solitude. Son orgueil était dompté, et il lui tardait de
s'humilier devant son mari. Elle n'espérait plus
retrouver son amour, mais elle confesserait ses
torts, et désormais ne vivrait plus que pour lui
rendre la vie douce, agréable, et s'associer à tout
ce qui le concernerait.

La nuit vint. Julie était montée dans sa petite
mansarde; le pasteur arpentait son cabinet de
long en large quand la porte s'entr'ouvrit doucement :

— Est-ce toi? demanda-t-il, fort étonné de voir sa femme à cette heure inaccoutumée.

— J'ai quelque chose à te dire, répondit-elle d'une voix si douce qu'il la regarda plus surpris encore.

Elle posa la lumière sur la table et s'assit. Stern frissonna : une ancienne appréhension le saisit; il craignit qu'elle n'eût perdu la tête.

— Julie et le vicaire s'aiment, dit-elle, ne sachant encore par où commencer.

— Eh bien! alors, pourquoi ne s'expliquent-ils pas? demanda le pasteur.

— Ils se sont expliqués, mais Julie l'a refusé.

— Pourquoi? Quelle sotte péronnelle!

— Julie ne veut pas te quitter, parce qu'elle craint que tu ne sois trop triste, trop isolé, trop abandonné si tu restais seul avec moi. Et je voulais te demander, ajouta-t-elle bien bas en hésitant, si tu ne veux pas laisser notre fille suivre le désir de son cœur, et faire un nouvel essai de vie à nous deux? Je voudrais, avec l'aide de Dieu, réparer tout le mal que j'ai fait. Je sais bien que tu ne peux plus m'aimer, mais.....

La voix lui manqua; le pasteur courut à elle, releva sa tête baissée, et, la regardant tendrement :

— Et qui t'a dit cela? Ne sais-tu pas que tu as été mon premier, mon unique amour? Sais-tu

quelles heures amères j'ai passées en songeant
que tu étais ma femme, et pourtant une étrangère ? Mais ne sens-tu pas que je n'ai jamais
cessé de t'aimer ? C'est moi qui ai eu tort; j'aurais dû t'aimer d'une manière moins égoïste, at-.
tendre que tu pusses me donner ta tendresse...
Quant à ce qui me manque en amabilité et en
poésie, ajouta-t-il gaiement, tu me connais,
maintenant, et tu me supporteras et tu croiras
à mon amour lors même que je ne t'en parlerai
pas.

Longtemps, bien longtemps les deux époux
restèrent ensemble; un sentiment jusqu'alors inconnu de paix, de douce joie, inondait l'âme
d'Elise; elle était heureuse et fière de s'appuyer
sur le cœur de son mari, reconnaissante de sa
bonté, de son support, de la tendresse qu'il lui
conservait, et quand elle se sépara de lui, il lui
semblait qu'elle pourrait connaître encore le bonheur, et surtout en donner à celui qu'elle en avait
si longtemps privé.

Le vicaire revint de la ville; il avait entrevu le
comte agité, ému comme il ne l'avait jamais vu
encore; il l'attendait sous peu à Düsterfeld. Julie
ne comprenait rien à la manière d'être de ses parents; leurs regards se cherchaient sans cesse, et
s'ils ne se parlaient pas plus qu'autrefois, elle
voyait sa mère rougir de plaisir quand elle en-

tendait le pas du pasteur. Un jour elle surprit son père embrassant sa mère, et, chose plus inouïe encore, elle entendit Elise rire aux éclats en recousant un bouton à l'habit de son mari. Jamais les murs du presbytère n'avaient retenti de sons pareils.

Volker remarqua aussi tous ces changements, et il prit son grand courage pour ouvrir son cœur à M. Stern. Celui-ci lui répondit en souriant :

— Nous verrons ce qu'en dira ma femme.

Et il l'emmena dans le salon.

La mère et la fille travaillaient ensemble sans se parler ; mais un regard jeté sur elles suffisait pour montrer qu'entre elles aussi la glace avait été rompue.

— Que diras-tu, Elise, commença le pasteur d'un ton qui parut un rêve à Julie, voici M. le nouveau pasteur d'Arensberg qui fait à notre fille l'honneur de lui offrir sa main ? Pourras-tu persuader Julie d'accepter cette proposition ?

Julie leva un regard sur sa mère ; enhardie par l'expression de ce visage si longtemps de marbre, maintenant brillant de tendresse, elle se leva et, jetant ses bras autour de son cou, elle cacha sa rougeur et ses larmes sur le sein maternel.

—Eh bien ! petite, que dis-tu ? Il sera dur pour nous de te laisser partir, mais nous essaye-

rons, ta mère et moi, de recommencer la vie sous
le regard de Dieu.

Élise, toute rougissante, s'échappa des bras de
son mari. Et les jeunes gens? Ils ne demeurèrent
pas longtemps loin l'un de l'autre, mais il est
impossible de raconter ce qu'ils se dirent. Ceux
qui ont passé par là s'en souviendront, ceux qui
ne connaissent pas encore ces joies, les connaî-
tront un jour !

Au bout de dix jours, le comte revint anxieux
et le cœur serré. Il ne savait comment aborder
le pasteur ou sa femme. Mais quand il arriva, il
crut rêver en voyant le visage calme, paisible,
joyeux d'Elise ; ses manières affectueuses et pré-
venantes pour son mari ; la joie des parents en
regardant leurs enfants chuchoter dans l'embrasure de la fenêtre, se disant ces importants et interminables secrets dont les fiancés ont le mono-
pole.

Stern le reçut cordialement et avec égards ;
Elise fut simple avec lui ; ses manières tranquilles
le convainquirent que le cœur avait aussi retrouvé
la paix ; Julie, qu'il salua plaisamment du nom de
Madame la ministre, fit tous ses efforts pour le
recevoir convenablement. Les habitants du vil-

lage restèrent ébahis devant la cure lorsqu'en
passant ils virent tous les volets ouverts, et qu'ils
entendirent des rires joyeux arriver jusqu'à eux.

Au moment du départ, Elise tendit la main au
comté :

— Dieu vous bénisse ! dit-elle ; demandez à
votre femme de servir de mère à ma fille.

Il partit en bénissant Dieu.

Julie est mariée et a trouvé des amis dévoués
dans la famille d'Arensberg. Un moment il a été
question que ses parents la suivissent, mais Stern
a pensé qu'il valait mieux rester dans sa paroisse,
pour qu'Elise, qui avait été si souvent une pierre
d'achoppement sur la route de plusieurs de ses
paroissiens, pût leur montrer l'exemple d'un intérieur soumis et heureux. Le jardin est bien soigné et fleuri, le bosquet restauré, la cour débarrassée de l'herbe qui l'encombrait, la maison
toujours ouverte aux visiteurs, qui y trouvent un
accueil charmant.

Le changement survenu au presbytère a beaucoup occupé les esprits et mis les langues en
mouvement ; on l'a attribué généralement à Julie.
Elise dit tout simplement : « Ce que j'avais mal
commencé, Dieu l'a bien terminé. »

LA

PREMIÈRE QUERELLE DE MÉNAGE

Un jour de pluie.

Ce n'est pas une plaisanterie qu'un jour de
pluie aux bains! aux bains, où chacun n'a qu'un
but : se guérir et s'amuser; que faire un jour de
pluie? Dans un de ces grands établissements à la
mode où l'on a installé des bibliothèques, des sa-
lons de lecture et de conversation, des promenades couvertes, on parvient à grand'peine à *tuer*
le temps pendant deux ou trois jours pluvieux;
mais dans un petit trou perdu, comme il s'en
trouve tant en Allemagne, où il n'y a la plupart
du temps que des dames, quand la pluie persiste
plusieurs jours, que les promenades sont deve-
nues impossibles, que le torrent voisin est infranchissable et que le facteur lui-même ne peut

pas apporter les lettres ou les journaux pour offrir une petite distraction aux baigneuses; que
faire, sinon bâiller, s'ennuyer et soupirer?

Depuis quarante-huit heures déjà, une pluie
torrentielle ne cessait de tomber à ***, modeste
localité thermale, et en regardant le sombre aspect du ciel, on pouvait raisonnablement croire
à un déluge. Le premier jour on s'était réuni
pour causer, pour lire, pour faire de la musique;
puis on avait réparé les désastres des toilettes
pour reparaître avec plus d'éclat lorsque le soleil
se montrerait de nouveau à l'horizon. On avait
mis à jour sa correspondance; on avait eu recours
au seul monsieur de la société, pauvre professeur poitrinaire, pour tailler des plumes à toutes
les jeunes filles qui comblaient les lacunes de leur
journal en y insérant leurs lamentations sur l'état
de l'atmosphère. Mais toutes ces ressources furent
bien vite épuisées, et nous retrouvons toutes ces
dames assises autour du salon, s'ennuyant à manier leurs ennuyeux crochets ou leurs tricots plus
ennuyeux encore; la pluie tombait toujours avec
la même violence, la pendule faisait entendre son
désolant tic-tac, et, pour achever de donner le
spleen, le professeur et une jeune demoiselle
tapotaient sur le piano une interminable sonate
à quatre mains, monotone d'harmonie, monotone d'exécution, monotone d'expression. C'était

vraiment à se désespérer, et l'on se demandait
comment on arriverait au soir, quand la porte
s'ouvrit pour livrer passage à celle que tout le
monde avait unanimement surnommée *Maman*,
et qui paraissait heureuse de ce titre. C'était la
veuve d'un maître d'école, venue pour accompagner ses nièces ; car pour elle-même elle
n'avait jamais bu d'autre eau que celle de la
fontaine, ni pris d'autres bains que ceux du
Neckar. Elle avait une expression douce, sereine
et aimable ; ses beaux cheveux blancs lissés sous
son bonnet de veuve semblaient une auréole autour de son visage, et ses yeux avaient quelque
chose de sympathique et d'affectueux qui lui gagnait tous les cœurs.

La Maman n'avait pas eu encore le temps de
penser à la pluie ; elle avait apporté un sac plein
des vieux bas de son fils, afin de les raccommoder avant qu'il repartît pour ses voyages de commerce, puis elle avait découvert, au fond d'une
des armoires de l'office, une corbeille de linge en
si piteux état, que la couturière de l'établissement l'avait mise de côté ; la bonne veuve l'avait
prise en pitié et voulait la remettre en usage ;
elle avait enfin une série de lectures sérieuses à
faire et dont elle ne pouvait s'occuper que lorsque ses nièces n'avaient pas besoin d'elle pour
les chaperonner. Néanmoins, quand Elise entra

dans sa chambre, avec une mine allongée, en disant :

— Tante, descendez un peu au milieu de nous, sans cela nous mourrons d'ennui !

Elle n'hésita pas à répondre :

— J'espère que vous n'en êtes pas encore réduites à cette extrémité.

Elle fut surprise de l'air morne et triste de toute la société :

— Comment, Mesdames ! dit-elle gaiement, vous ne prenez pas encore votre café ?

— Nous l'avons commandé, et on doit nous l'apporter dans nos chambres.

— Dans vos chambres ! Qui peut songer, dans un jour de détresse comme celui-ci, à prendre son café solitairement chez soi ? Toutes collées contre le mur comme vous l'êtes, vous ressemblez à ces pauvres jeunes filles qui, dans un bal, ne trouvent pas de cavaliers ! Holà ! Monsieur le sommelier !

Le sommelier, dont les boucles frisaient par cette humidité comme des chandelles de résine, arriva à l'instant.

— Voulez-vous nous apporter ici la grande table ronde de la salle à manger ?

— La grande table de sapin, ici dans le salon, Madame ?

— Oui, justement celle-là ; nous la couvrirons

d'un grand tapis, et si les pieds paraissent encore,
eh bien ! personne n'y regardera.

La table fut apportée ; chacun regardait la Maman, pour voir où elle voulait en venir.

— Maintenant, apportez du café pour tout le
monde, non pas déjà versé dans chaque tasse,
comme vous le faites souvent, mais dans une
bonne grande cafetière ; nous nous servirons bien
nous-mêmes, et puis vous allumerez un peu de
feu.

— Du feu au mois de juin ?

— Oui, je suis gelée ; vous verrez comme cela
réchauffera tous les esprits !

En attendant la fin de tous les préparatifs, la
veuve alla donner un coup d'œil à la jeunesse,
installa les unes à leurs broderies, les autres à
leurs dessins, et pria le professeur de leur faire
une lecture jusqu'au moment où la cafetière ferait aussi une excursion dans ce joyeux cercle.

Une demi-heure après, le salon était métamor-
phosé, et la bonne Maman était occupée à servir
tout le monde.

— Que nous sommes bien ! dit-elle. Mais où
est notre jeune dame ?

La jeune dame, ainsi désignée, était une nouvelle mariée qui passait aux bains le temps de
l'absence de son mari, obligé de faire un voyage
d'affaires.

— Madame Schrœder écrit, dit en souriant le sommelier.

— Encore? s'écria ironiquement Madame Lenz. Elle est jeune et jolie, mais désespérément mélancolique; il y a déjà trois de ses lettres dans la boîte de la messagère.

— Elle a écrit une fois avant-hier, deux fois hier, et comme le courrier ne part qu'après-demain.....

— Eh bien! reprit Madame Lenz aigrement, il faut avouer.....

— Laissez ma petite dame en repos, interrompit la Maman; il vaut mieux trop écrire que pas assez! Je lui garde une petite place près de moi.

Au même instant arriva la personne dont on parlait, et ce fut en rougissant qu'elle remit une lettre entre les mains du sommelier.

— Allons vite, ma petite dame, le café est chaud! Vous venez encore d'épancher votre cœur?

— On voit bien que vous êtes nouvellement mariée, dit la femme du docteur. Dans quelques années ce sera autrement; vous trouverez une lettre par quinzaine bien suffisante.

— Je ne puis pas supporter qu'on me répète toujours cela, s'écria Madame Schrœder; comment! nous venons de nous promettre un amour et une fidélité éternels, et il faut déjà songer au moment où ces sentiments si doux n'existeront plus? Non, dans notre ménage, l'amour ne diminuera jamais!

Toutes les dames se récrièrent; chacune voulait prouver que les lunes de miel n'étaient que trop vite et trop souvent remplacées par des lunes rousses; et les langues cheminaient rapidement.

— Non, dit la veuve, l'amour ne doit pas cesser; bien au contraire, il n'en existe que plus profond, plus vrai, quand il a résisté aux épreuves du temps et de la vie; et parce qu'on ne s'écrit plus par chaque courrier, ou qu'on ne s'embrasse plus tout le jour, on ne s'aime pas moins.

Mademoiselle Caroline, qui s'était rapprochée du cercle des dames, baissa les yeux, et Madame Lenz ne détachait pas le regard de son ouvrage.

— Je le crois, dit enfin la jeune dame; mais est-il nécessaire, en vieillissant, de devenir froids et secs?

— Dieu nous en préserve! dit gaiement Marie, jeune, vive et charmante petite femme; ce n'est pas du tout indispensable; souvent on est en froid pendant un jour; mais je soutiens que c'est toujours la faute de la femme. *Nous* devons entretenir la petite flamme, afin qu'elle ne s'éteigne jamais. Et puis tout dépend beaucoup de la ma-

7

nière dont nous sortons de la première querelle
dé ménage.

— De la première querelle?... Et quand vient-
elle? demanda anxieusement madame Schroder.

— Quand? Cela dépend; chez nous, cela ne
s'est pas fait longtemps attendre.

— Mais à quel sujet?

Le lendemain des noces.

— Peu de fiancés se sont aimés comme nous,
et si je voulais brûler toutes les lettres que nous
avons échangées alors, il y en aurait bien pour
réchauffer ce salon pendant huit jours. Mon mari
ne voulut pas entendre parler d'un voyage de
noces : « Non, dit-il, c'est chez nous, dans notre
petit nid, que nous jouirons de notre lune de
miel. » En sorte que le jour de notre mariage je
quittai le toit paternel pour entrer en possession
de mon nouveau domaine, situé à quelques lieues
de mes parents, dans une petite ville que je n'a-
vais jamais visitée auparavant. Nous ne voulûmes
emmener personne avec nous, et nous étions
même enchantés que notre domestique ne fût dis-
ponible que quelques jours plus tard.

Le lendemain matin, quand mon mari fut parti

pour son bureau, j'inspectai mon petit royaume;
tout était sens dessus dessous : les caisses dans le
corridor, les meubles encore emballés, partout
de la poussière, de la paille, du désordre. Quand
je voulus commencer à débrouiller ce chaos, je
ne sus où placer chaque chose. A la maison, ma
mère, mes sœurs m'auraient aidée; ici, personne. Je commençais à soupirer; pourtant je repris courage, je voulais que lorsque Albert ren-
trerait il pût trouver où se reposer. Malgré un
temps assez vif de fin d'octobre, j'avais ouvert
toutes les fenêtres, et armée d'un balai, j'étais
enveloppée d'un nuage épais de poussière quand
la porte s'ouvrit et que mon mari entra.

— Mais, au nom de Dieu! à quoi penses-tu
d'ouvrir ainsi les fenêtres? me dit-il vivement.

Les larmes me vinrent aux yeux; je les retins,
et, me forçant à sourire :

— Vois comme j'ai été active! viens essayer
si notre sofa est bon!

— Je n'ai pas envie d'étouffer dans cette poussière, me répondit-il en se réfugiant dans sa
chambre de garçon.

Alors mes pleurs longtemps contenus coulèrent en abondance, et je sanglotai comme si mon
cœur allait se briser. Il me semblait que tout
bonheur était évanoui. Cet amour qui devait durer jusqu'à la mort s'était déjà enfui. Mon mari

pouvait-il être si dur pour moi dès le lendemain
de notre mariage? J'attendis qu'il vînt me demander pardon; mais il ne vint pas. Il fallait
prendre mon grand courage, me résigner à mon
triste sort, et, s'il n'y avait plus de bonheur
possible pour moi, du moins devais-je toujours
m'efforcer de remplir mes devoirs et poursuivre
ma course sans joie, sans reconnaissance, sans
amour..... Là-dessus j'allai à la cuisine; il fallait
songer au dîner. Hélas! je n'avais ni viande, ni
beurre, ni œufs! un peu de lait qu'une voisine
m'avait apporté, de la farine, et un morceau de
jambon que ma mère m'avait donné. Les maté-
riaux ne me permettaient pas de faire un festin;
mais je me souvins que dans les premiers jours
de mes fiançailles, Albert avait mangé de la bouillie de mes petites sœurs en la trouvant excellente, parce que je l'avais faite moi-même. Je
me mis donc à l'œuvre, persuadée que cette ré-
miniscence sentimentale lui ferait sentir combien
il avait été dur et sans cœur! Et pourtant il
ne descendait pas pour voir ce que je devenais!
Ce que je ne savais pas, c'est qu'il avait un travail important à faire et un mal de gorge assez
violent.

— Et pourquoi ne vous l'avait-il pas dit? demanda Madame Schweizer.

— Eh! voilà justement l'affaire; où nous par-

lons trop, les hommes ne parlent pas assez, et
c'est à nous à deviner ce qu'ils ne disent pas.....
Aussitôt que ma bouillie fut cuite, je la montai
à mon mari ; il poussa sa table de travail de côté,
n'eut pas l'air le moins du monde humilié, et me
dit :

— Eh bien ! qu'est-ce que ma petite femme
m'apporte ?

Hélas ! hélas ! mon fourneau n'était pas prêt ;
j'avais fait cuire ma bouillie à la flamme et elle
avait un goût de fumée insupportable ! Je m'en
aperçus de suite ; mais il me semblait qu'Albert
ne devait pas s'en apercevoir le lendemain de
notre mariage. Il fit néanmoins une affreuse gri-
mace et repoussa son assiette : profondément
blessée, je lui présentai en silence le jambon.

— Curieux repas ! dit-il enfin, moitié en plai-
santant, moitié sérieusement ; si tu n'es pas plus
habile, je me plains !

Je descendis précipitamment en emportant mon
malencontreux dîner, et, me jetant sur le canapé,
je recommençai à pleurer avec désespoir. Toutes
les poésies que j'avais lues dans ma jeunesse sur
l'amour malheureux me revenaient à l'esprit ; je
songeais à ma bonne mère, qui ne se doutait pas
combien sa fille était malheureuse ! Au milieu de
ma désolation, je me souvins d'avoir vu un gros
châle autour du cou d'Albert, et je commençai à

soupçonner qu'il était peut-être indisposé. Je
montai tout doucement près de lui : il était étendu
sur son canapé.

— N'es-tu pas bien ? dis-je tout bas et timidement.

— Et toi, qu'as-tu ? me dit-il tendrement et
m'attirant vers lui.

Alors vint l'explication. Je lui ouvris tout mon
cœur, je lui racontai, au milieu de mes rires et de
mes larmes, tout ce que j'avais pensé, combien
je m'étais trouvée malheureuse; et lui, à son
tour, me raconta combien, en sentant son mal de
gorge, il s'était réjoui d'avoir sa petite femme
pour garde-malade, et combien ma réception,
au milieu de la poussière et des courants d'air,
l'avait désagréablement surpris. Nous rîmes ensemble de notre absurdité. Albert se mit au lit,
et je fis infusions et limonade qui ne sentirent
plus la fumée. Je ne puis pas dire que ce fût notre première et dernière querelle, mais chaque
fois que je me suis sentie *incomprise*, j'ai commencé par me demander si moi je comprenais
bien mon Albert.

La planche de salade.

Toute la société rit de bon cœur de ce premier chagrin de Madame Marie. La femme du docteur prit alors la parole :

— Nous n'avons pas commencé aussi vite à nous disputer, mais le sujet de dissentiment n'était guère plus sérieux... Comme la plupart des jeunes filles, j'avais peu de goût pour le jardinage ; aussi, au début de mon mariage, la culture de notre jardin était-elle un tourment pour moi, toutefois, je m'y accoutumai assez vite, et je finis même par y mettre beaucoup d'importance et d'amour-propre, faisant tous mes efforts pour que mes légumes fussent les plus beaux et les plus précoces du village.

Je désirais surprendre la femme de notre pasteur en lui envoyant une belle salade nouvelle, sa servante m'ayant confié que la leur sortait à peine de terre. Le samedi soir, je vais au jardin avec une assiette pour cueillir la précieuse offrande. Hélas ! ma jeune et belle laitue était noircie, saupoudrée de tabac ! elle sentait la fumée froide. Mon mari avait nettoyé toutes ses pipes par la fenêtre et anéanti ainsi toutes mes espérances. Je montai précipitamment dans le

cabinet du docteur; assis dans son grand fauteuil de cuir, il fumait tout tranquillement.

— Ah! chérie! me dit-il, sais-tu quel beau
travail j'ai fait aujourd'hui? J'ai nettoyé toutes
mes pipes!

— Oui! et tu as abîmé toutes mes salades!

Et je me mis à pleurer amèrement. Je ne me
contentai pas de pleurer : je suis très vive, et j'ai
parfois la langue trop longue; je ne sais trop ce
que je lui dis, mais je me souviens bien de ce
que mon mari me répondit; seulement, je ne le
répéterai pas, car lui aussi a une mauvaise tête.
Bref, nous nous séparâmes brouillés.

Je ne voulais pas que le soleil se couchât sur
ma colère; mais lorsque je montai dans notre
chambre, mon mari dormait profondément. Nous
ne nous parlâmes pas de tout le dimanche. Cette
vie m'était à charge; cependant je ne pouvais pas
faire d'avances à mon mari, puisque j'étais l'offensée. Je trouvais le docteur si heureux de pos-
séder une femme comme moi! Lui paraissait s'en
soucier fort peu, si même il s'en doutait!

Enfin, le lundi matin, voici le petit garçon du
ferblantier qui vint, comme un envoyé du ciel,
m'offrir sa marchandise; il me présenta une boîte
de zinc carrée et très joliment vernie, faite ex-
près pour l'entretien des pipes. Je m'en saisis,
la payai le double de sa valeur et volai dans le

cabinet. Mon mari était assis devant son bureau, encore tout grommelant de la scène de l'avant-veille.

— Tiens, méchant, lui dis-je gaiement, voici un ustensile dans lequel tu pourras vider toutes les pipes possibles et imaginables; seulement, à l'avenir, épargne mes salades !

Il me regarda en face; mon joyeux sourire fondit la glace; il était, je pense, un peu honteux de sa conduite, et notre réconciliation fut délicieuse.

Dès lors je me suis méfiée de ma vivacité, et j'ai surveillé ma langue toujours trop prompte à me jouer de mauvais tours.

———

La fête des Génies.

— Ce fut aussi dans un jardin que j'éprouvai ma première douleur matrimoniale, dit Madame de Linden, jeune veuve un peu froide et réservée, mais que la Maman avait rapprochée des autres baigneuses. J'avais été élevée au milieu de personnes sentimentales et poétiques, et, dans notre cercle habitnel, nous célébrions les fêtes d'une manière *tout éthérée;* fleurs, parfums, musique, poésies, rien n'y manquait. Mon mari,

7*

inspecteur des forêts dans nos environs, était comme le côté prosaïque de notre vie; mais son noble cœur, sa mâle stature m'avaient ravie, et je fus heureuse de le suivre dans le joli petit château qu'il occupait au milieu des bois. J'espérais avoir bientôt assez d'influence sur lui pour lui communiquer mes aspirations relevées. J'étais bien un peu froissée quand il s'endormait au moment où je lui lisais quelque morceau de littérature moderne, mais je lui pardonnais vite cette offense en voyant sa rectitude de jugement, le sentiment vrai qu'il avait pour tout ce qui était beau; et quand il joignait sa belle voix de basse à la mienne, il me semblait que nous serions en harmonie sur tous les points.

Son anniversaire de naissance était au mois de mai. J'avais combiné pour ce jour-là un coup d'Etat qui devait ouvrir une ère nouvelle dans notre vie conjugale; je savais bien que Hugo n'était pas un admirateur passionné de toutes ces fêtes de famille; néanmoins je me promettais de mériter non-seulement son admiration, mais même ses remercîments. Nina, une de nos cousines, consentit à me prêter son concours. Nous fîmes préparer le bosquet par le jardinier, torturer les arbres pour représenter des arcs de triomphe; nous y suspendîmes des guirlandes de fleurs; nous-mêmes, déguisées l'une en Diane chasseresse, l'autre en Génie de la poésie, nous devions surprendre Hugo et lui offrir un déjeuner champêtre sous les frais ombrages du jardin.

Le fameux jour arriva ; réveillée avec l'aurore, je me levai de bonne heure.

— Déjà prête, me dit mon mari ; cela se trouve bien ; je suis justement invité à une partie de chasse et je voulais te prier de me faire servir le déjeuner de bonne heure.

— Aujourd'hui ! lui dis-je tout étonnée.

Mais je ne doutais pas qu'après m'avoir vue en Génie avec ma couronne de roses il n'oubliât forêt et partie de chasse pour rester près de moi.

— Attends un instant, ajoutai-je ; nous déjeunerons au jardin ; je te ferai prévenir.

Sans écouter ce qu'il grommela, je courus présider à la toilette de Nina et procéder à la mienne. Nina avait une robe verte toute garnie de fourrures, et moi je m'étais ensevelie sous un nuage de tulle blanc et rose. Quand nous fûmes cachées dans le bosquet nous fîmes appeler mon mari ; il arriva en maugréant de ce long retard ; mais au moment où Nina se présentait devant lui, Tixas, le chien de chasse, prenant les fourrures de la déesse pour des bêtes vivantes se précipita sur elle. Elle se sauva en criant ; je voulus la retenir, mes vêtements s'accrochèrent aux buissons, et en un instant ils furent complétement déchirés.

Quand je me retournai, Hugo riait aux éclats de notre mésaventure. Ce ne fut pas tout : les aboiements de Tixas attirèrent tous ses camarades des environs ; une vraie meute fit invasion dans le jardin; à la suite des chiens, les valets, les servantes; tout fut renversé, abîmé ; enfin Hugo, voyant que le calme ne pouvait se faire, vint à moi et me dit avec bonne humeur.

— Il paraît que je ne pourrai pas obtenir un déjeuner aujourd'hui ; je te quitte donc, et demain je pense qu'il ne restera pas trace de toute cette comédie.

Voilà mon mari parti, sans même se douter que c'était à son intention que nous avions fait tous ces préparatifs, et moi je me retirai dans ma chambre pour déplorer plus que jamais mon aveuglement d'avoir choisi un époux aussi prosaïque, aussi peu fait pour comprendre mes sentiments. Tandis que je me désolais, on vint m'avertir que la tante de Hugo, presque sa mère, m'attendait au salon. Je ne pouvais me dispenser de descendre, et m'en consolai en lui racontant ma mésaventure ; son bon rire franc et cordial fut contagieux, et elle n'eut pas de peine à me convaincre que j'avais attendu de mon mari une trop grande délicatesse d'impressions : il avait été orphelin tout jeune, élevé dans des écoles publique, ne connaissant aucune des joies et des fêtes de la famille.

— Croyez-moi, mon enfant, ajouta la tante, au lieu de toutes ces fleurs, de ces allégories, ordonnez un repas tout à fait suivant les goûts de votre mari.

— Mais, ma tante, avez-vous une si pauvre opinion de Hugo que de supposer qu'il n'a d'autres jouissances que celles qui flattent ses sens...

— Non, non, il n'est ni plus gourmand, ni plus terre à terre qu'un autre ; mais quand un mari voit sa femme consulter en toutes choses *ses* goûts, descendre dans les plus petits détails du ménage pour le prévenir et lui être agréable, alors il comprend que cela ne peut venir que d'un amour sincère et dévoué.

Ma tante parla longtemps encore ; je ne l'écoutais plus, mais elle m'avait fait réfléchir. Lorsque Hugo revint, je lui racontai quel avait été mon désir et je le priai de ne pas se moquer de mes penchants poétiques : quand il sut que c'était une fête préparée pour lui, il regretta qu'elle eût manqué et il me l'exprima avec une tendre affection. Si dès lors je n'essayai plus de représenter des génies et des déesses, je ne renonçai pas aux fêtes de famille, et mon cher mari apprit à les aimer et à s'en réjouir avec nous. Bien souvent même dans la suite il allait lui-même me chercher des

branches à la forêt voisine, pour décorer une salle
de festin.

En finissant ces mots, la jeune veuve essuya
une larme qui roulait doucement sur sa joue.

———

La robe de soie.

Nos débuts en ménage n'ont pas été aussi poétiques que les vôtres, dit Madame Schweizer ;
mon mari était négociant, il avait plusieurs commis et apprentis qu'il fallait diriger et le temps
me manquait pour tresser des couronnes ; mais à
chaque anniversaire je faisais un grand gâteau.
Quel fut le sujet de notre première dispute ? je
l'ai oublié, je crois ; mais non. Un voyageur
nous avait offert des étoffes de soie, dont l'une
était vraiment ravissante, hélas ! et si chère que
mon mari ne voulut en prendre qu'une seule robe.

Nous avions pour voisins des marchands de
nouveautés comme nous. Madame Muller (je ne
veux pas en dire du mal car elle morte) était
jalouse de tout ce qu'elle me voyait porter ; si j'a-
vais un col avec un rang de dentelles, le lendemain elle en avait un à deux rangs. Un jour,
elle me vit à l'église avec un chapeau de velours ;
ne pouvant pas en avoir un plus beau, qu'ima-

gine-t-elle? elle plante sur le sien tout un bouquet de marabouts blancs ! Elle avait une robe
avec des raies rouges moitié soie et coton; je résolus d'obtenir de mon mari la belle robe de soie
à raies bleues qu'il avait achetée. Ce ne fut pas
une petite affaire que d'y parvenir, et ce ne fut
que, las de mon importunité et de mon obstina-
tion, que mon pauvre Jean céda pour avoir la paix.
Mais une fois en possession de l'objet de mon
ardente convoitise, je ne me sentis plus aussi satisfaite et je ne l'envoyai pas tout de suite à la
tailleuse.

Le même soir, mon mari rentra tout préoccupé
d'une petite table de jardin en fer creux plus jolie que tout ce qu'il avait vu jusqu'alors... Il faut
vous dire que notre jardin est sa joie et sa seule
distraction.

Rarement je l'avais vu aussi enchanté d'un
objet quelconque qu'il l'était dans cette circonstance.

— Eh! bien, lui dis-je, puisque tu la trouves
si jolie, pourquoi ne l'as-tu pas achetée?

— Non, répondit-il, ce n'eût pas été raisonnable ; elle était trop chère : nous avons eu plusieurs dépenses assez fortes ce printemps. Mais
si tu savais comme elle était jolie !

Le lendemain Jean fut forcé d'aller assister à
une vente aux enchères, et je restai au magasin,

pensant souvent à cette petite table qui plaisait
tant à mon ami et dont il avait fait le sacrifice
par raison. Madame de Grafenberg vint pour
acheter une robe ; rien de ce que je lui offrais ne
lui plaisait, et je vis le moment où elle allait
quitter le magasin sans rien prendre. Je songeai
à ma robe à raies bleues ; je courus la chercher,
elle convint à Madame de Grafenberg, et le marché fut vite conclu. Aussitôt qu'elle fut partie,
j'allai acheter la table et je pus y ajouter deux
jolies chaises ; je fis transporter le tout dans le
jardin et j'attendis impatiemment le retour de
mon mari. Heureusement il était de bonne heure
quand il revint ; il parut surpris de mon insis-
tance pour l'accompagner à l'enclos. Mais en y
arrivant, lorsqu'il vit la surprise que je lui avais
ménagée et que je lui racontai comment j'avais
pu y parvenir, il m'embrassa en déclarant qu'il
ne l'oublierait jamais.

Souvent encore il aime à raconter à nos enfants
que leur mère a sacrifié sa plus belle robe de soie
pour procurer nn grand plaisir à leur père.

Madame Schweizer s'était animée au souvenir
de son bonheur domestique et chacune de ses
auditrices se sentait à l'unisson avec elles. C'était
le tour de la femme du pasteur de se confesser ;
elle se fit un peu prier, et finit par s'exécuter de
bonne grâce.

Le punch à l'huile.

Comme Madame Marie, je quittai joyeusement la maison paternelle pour suivre mon cher Auguste dans son charmant presbytère. Nous fîmes un petit voyage et nous revînmes chez nous, où ma tendre et prévoyante mère nous avait préparé une bonne et cordiale réception. Le lendemain de notre retour, elle nous laissa seuls. Pendant les premiers temps nous passâmes de longues heures à lire, à promener, à causer. Quand et comment se faisaient les sermons de mon mari? je ne le sais pas en vérité, mais je les trouvais bons et beaux. Néanmoins, au bout de quelques semaines, mon ami sentit se réveiller sa conscience pastorale et il reprit ses visites et ses études; quand je voulais pénétrer dans son cabinet, j'avais toutes les peines du monde à l'arracher à son grec ou à son hébreu; j'avais beau me prêcher à moi-même, je ne pouvais prendre mon parti de le voir ainsi absorbé autrement que par moi. Un jour, je fus profondément blessée de ce que, entendant une assiette se briser (et ce n'était pas la première), il me dit:

— Ma petite femme, ma petite femme, si tu

ne surveilles pas de plus près, nous n'aurons
bientôt plus de vaisselle.

Je pris la résolution héroïque de m'enfermer
dans ma cuisine ou dans ma chambre de provisions pendant toute une journée ! J'en sortis au
bout d'une demi-heure, très vexée qu'Auguste
ne se fût pas même aperçu de mon absence, et
résolue à saisir la première occasion de lui montrer que j'étais une bonne ménagère.

Un des condisciples de mon mari vint passer
quelques jours avec nous ; or, une visite dans un
jeune ménage est un événement. Depuis longtemps Auguste m'avait exprimé le désir de boire
du punch, et je résolus de profiter de la présence
de notre hôte pour célébrer avec lui la Saint-
Sylvestre et leur offrir le nectar en question. Ces
messieurs étant sortis après le souper, je m'ar-
mai de mon livre de cuisine et je m'installai
près du foyer avec mon grand tablier et mon
poêlon.

Je mis les tranches de citron, le sucre, et je
voulus prendre du bon vin blanc vieux que maman m'avait donné ; je vais à l'armoire et je
prends une bouteille ainsi étiquetée : « muscat
supérieur. » Je commence à en verser le contenu ; il tombe si lourdement dans le poêlon, que
la cuisinière me dit :

— Il est bien épais, ce vin.

— Peut-être, lui dis-je; mais la cuisson re-
médiera à cet inconvénient.

Tout à coup une odeur nauséabonde se répand,
je prends une cuillerée pour goûter mon mélange ! Quelle horreur ! j'essaye du contenu de
la bouteille ! hélas ! hélas ! ma sœur Clara l'avait
remplie d'huile d'olive et avait oublié de changer
l'étiquette !

Je mis vite mon mélange dans une cruche et
je la cachai sur la fenêtre du salon derrière le
rideau ; puis je recommençai mon punch à nouveau : ma mésaventure devait être ignorée de
tout le monde, surtout de mon mari ! Je dis avec
beaucoup de dignité à ma domestique : « Vous
aviez raison, le vin était trop épais, je vais recommencer. » On sonna à la porte, c'étaient ces
messieurs ; je voulais les faire entrer de suite au
cabinet, mais Auguste y conduisit son ami, vint
me prendre par la taille et m'entraîna au salon.

— As-tu besoin de quelque chose ? lui demandai-je d'un air contraint.

— Non, je veux être avec toi, voilà tout, me
dit-il en souriant ; mais qu'as-tu ? n'es-tu pas
bien ?

— Oh ! non, je suis tout à fait bien.

Il m'attira vers la fenêtre. Nous nous étions fiancés un soir de Saint-Sylvestre ; Auguste s'en sou-
venait avec attendrissement et reconnaissance et

se sentait doucement ému en comparant le passé
et le présent.

— Te souviens-tu de ce beau soir, Lina? continua-t-il, quel admirable clair de lune!...

Et il ouvrit la fenêtre.

— Prends garde, m'écriai-je avec effroi, mais
trop tard, car mon punch à l'huile coulait à
grands flots sur mon beau tapis neuf, sur ma
jolie robe de reps bleue et sur le pantalon d'Auguste.

Ami et servante accoururent à nos cris de
détresse, et il fallut me confesser devant tout le
monde. Mon bon mari me consola, l'ami proposa de faire le punch lui-même, et moi, tout
humiliée de ma mésaventure, je trouvai que ce
n'était pas payer trop cher une leçon importante:
c'est qu'il ne faut jamais rien dissimuler à son
mari.

— Vous avez bien raison, dit la Maman, un
secret entre mari et femme est un ver rongeur.

— Certainement, dit Mademoiselle Caroline,
jusqu'alors silencieuse, un pareil punch à l'huile
eût été une bénédiction pour une de mes amies,
si cela avait pu lui arriver lorsqu'elle cacha la
vérité à son mari pour la première fois.

— Oh! voilà qui est joli que vous ayez aussi
quelque chose à nous raconter, s'écria Madame
Marie.

— Je ne puis vous parler de mon expérience
personnelle, dit Caroline en rougissant ; je puis
seulement vous raconter ce dont j'ai été témoin.

Verres brisés, bonheur brisé.

Emilie était très jeune et très gâtée quand elle
épousa un mari beaucoup plus âgé qu'elle. Fiancé,
il fit plus de folles promesses qu'un jeune homme,
en sorte que la nouvelle épouse s'attendait à être
toujours choyée et prévenue comme elle en avait
l'habitude. Le mari avait de bonnes intentions ;
mais, ayant été ce qu'on appelle vulgairement
un vieux garçon, il avait contracté des manies et
des habitudes de minutie. Parce qu'il était chef
de famille, il se croyait autorisé à soulever le
couvercle de la marmite et à regarder si la pe-
lure des pommes de terre n'était pas trop épaisse.
Il avait raison de tenir à ce que rien ne se perdît,
mais il avait tort de se fâcher pour la moindre
petite faute.

Dès le lendemain de son mariage, Emilie pleura
parce qu'une tasse fut cassée, et que le mari gro-
gna toute une demi-journée. Huit jours après,
une de ses belles-sœurs vint leur rendre visite.

Pour lui faire honneur, elle voulut servir son

joli service de cristal; au moment où elle entrait
au salon un plateau à la main, le chat se jeta entre ses jambes, la fit trébucher, elle cassa trois
verres, et son mari s'écria en colère :

— Quelle stupidité aussi de servir ces beaux
cristaux ! Que tu es maladroite !

La jeune femme fut blessée de voir combien
son époux était différent de son fiancé, et de l'af-
front qu'il lui faisait en public. Une fois qu'une
mauvaise étoile plane sur une maison, il est rare
que les accidents ne se renouvellent pas. Un jour,
Emilie cassa une belle lampe; son mari était absent, elle ne se sentit pas le courage d'affronter
l'orage, et se procura à grands frais une lampe
semblable; pour cela il fallait mettre la domestique dans sa confidence, et, comme elle n'avait
pas beaucoup d'argent à sa disposition, elle puisa
dans la caisse du ménage et inscrivit sur son livre
de dépenses une foule d'aumônes, de légumes,
d'oignons, etc.

Dans la maison paternelle, jamais son père ne
se mêlait des détails de l'intérieur; il donnait
l'argent nécessaire et se reposait sur sa femme
du soin de le dépenser consciencieusement. Pour
Emilie, il n'en était pas ainsi; son mari voulait se
rendre compte du moindre sou dépensé, et com-
pulsait sans cesse ses livres de ménage. Au com-
mencement, elle se désolait quand elle ne trou-

vait pas sa balance exacte ; puis petit à petit, elle
s'accoutuma à mentir. Son mari devint méfiant
et de plus en plus serré. Elle fit d'abord de petites
dettes, puis des grandes, surtout quand les enfants vinrent encore augmenter les dépenses.

La maîtresse de poste dit un jour dans la conversation à Emilie que son mari recevait bien
souvent des paquets d'argent. La jeune femme,
ignorant que ces sommes provenaient d'une tu-
telle confiée à son mari, se sentit irritée de ce
que son avarice croissait à mesure que les ren-
trées se faisaient de mieux en mieux, et de ce
qu'il la soumettait sans nécessité à des privations.
Elle se mit à cacher, à mentir, à brocanter plus
que jamais, se livrant à la merci de sa servante.
Le seigneur et maître ne se doutait de rien, mais
l'atmosphère de la maison présageait un orage ;
chacun se sentait mal à l'aise.

J'allai y passer quelques semaines à cette épo-
que-là, et, quand je vis à quel point les choses
en étaient venues, je suppliai Emilie de tout confesser à son mari ; mais elle le craignait tellement
qu'elle ne put s'y décider.

— Mais, je t'en prie, lui dis-je, comment
comptes-tu que cela finira ?

— Peut-être aurai-je un jour un peu d'argent
à moi.

— Ne pourrais-tu pas t'adresser à ta mère ?

— Hélas, non ! Ma pauvre maman fait tous les
sacrifices possibles ; elle me fournit tous mes vêtements, sachant que je n'ose pas demander d'argent à mon mari pour cela, parce qu'il se fâche
et ne pense jamais que je peux avoir besoin de
quelque chose.

— Mais alors comment espères-tu jamais avoir
quelque argent !

— Peut-être plus tard, vois-tu,..... beaucoup
plus tard, quand ma mère sera morte.....

Je frissonnai. Comment ! cette jeune femme
que j'avais connue, il y avait si peu d'années,
bonne et tendre fille, était descendue si bas que
d'escompter la mort de sa propre mère, de cette
mère si dévouée que je connaissais si bien ?

Je n'ai plus revu Emilie depuis lors, mais j'ai
su qu'elle s'endetta de plus en plus ; sa mère
mourut et au lieu d'un héritage, ne laissa que des
dettes.

Un jour qu'Emilie était réduite aux abois, elle
reçut pour son mari une lettre de change. La tentation était trop forte pour y résister. Elle s'était
malheureusement habituée à la dissimulation et
ne s'effaroucha pas de ce détournement. Elle ne
s'en tint pas à ce premier essai, et bientôt la ca-
tastrophe tant redoutée fondit sur elle ; un déluge de notes, dont elle avait présenté de fausses
quittances à son mari, vint le réveiller de son

apathie ; il comprit pourquoi les fonds de son pupille ne lui arrivaient plus, et comme il avait lui-même éprouvé de grandes pertes, leur ruine fut complète. La honte de la femme rejaillit sur le mari ; il était caissier d'une compagnie, qui craignit de le voir abuser de sa position et le renvoya. Le scandale fut terrible ; les époux se séparèrent et le mari alla se réfugier dans une petite ville où il vécut dans une extrême pauvreté. Longtemps il ne voulut plus entendre parler de sa femme ; quant à elle, elle avait senti sa faute et s'en était humiliée ; elle se mit à travailler avec ardeur et fit passer quelque argent à son mari. Un pasteur, témoin des courageux et persévérants efforts de la jeune femme, essaya de la réconcilier avec son mari ; il fit comprendre à celui-ci que sa rigidité avait été la cause première des dissimulations d'Émilie ; lorsque le caissier eut senti son erreur, il rouvrit ses bras à sa compagne, et quoiqu'ils soient dans l'indigence et travaillent pour gagner leur pain, nous pouvons espérer que leur sort s'améliorera dans l'avenir.

Cette histoire avait attristé tout le monde. Madame de Linden demanda tout bas le nom et l'adresse de ce malheureux ménage et en prit note.

8

Il ne restait plus que la maman et Madame Lenz
qui n'avaient pas raconté leur histoire ; comme
cette dernière s'était jusque-là renfermée dans
une froide et fière dignité, personne n'osait la
presser de prendre la parole ; chacun la regardait,
lorsque tout d'un coup elle commença ainsi :

La femme malheureuse.

Je ne sais comment je me sens poussée aujour-
d'hui à raconter devant tout le monde ce que
jusqu'à présent j'avais dissimulé à tous les yeux.
Mais il faut que je décharge mon cœur du poids
qui l'oppresse. Hélas! je crains bien de n'avoir
pas à vous faire le récit de ma *première* querelle,
mais bien de ma *dernière*.

J'ai été orpheline de bonne heure et élevée
chez mon tuteur. Lorsque j'eus dix-huit ans, les
prétendants ne manquèrent pas ; mais aucun ne
me plut comme mon mari. Il avait une jolie position, une belle propriété qui ne me déplaisaient
pas non plus. Je l'avertis que je n'entendais rien
à l'économie et ne voulais pas m'ennuyer de ces
détails. Il m'assura que je me mettrais bien au
courant.

Comme j'avais assez d'amour-propre, je voulais

que tout marchât bien dans ma maison; seulement je ne permettais à personne de se mêler de
mon département, et si mon mari voulait donner
quelque ordre qui dût émaner de moi, je le con-
trecarrais en tout.

Un jour nous allâmes avec l'inspecteur des
forêts et sa femme à un concert du voisinage;
c'était long et ennuyeux; nous apprîmes qu'il y
avait à deux lieues de là un bal champêtre; nos
maris ne se souciant pas de nous y conduire,
mon amie m'engagea à faire atteler ma voiture
et nous partîmes toutes deux seules, laissant
un message à ces messieurs pour les engager à
nous suivre. Toutefois, je n'étais pas satisfaite,
et je regardais toujours par la fenêtre pour voir
si mon mari n'arrivait pas. Tout d'un coup, au
milieu d'un galop, l'inspecteur tomba comme une
bombe dans le salon et entraîna sa femme; pour
moi, il n'y avait pas même un message, et mon
mari était retourné à pied au château. Nous re-
partîmes au milieu de la nuit; j'étais seule dans
ma voiture, tandis que j'entendais mes amis rire
et plaisanter sur les différents incidents de la
course.

Mon mari ne me dit pas un mot, ne me fit pas
un reproche; mais il ordonna au cocher de ne
jamais atteler à l'avenir que sur *son* ordre.

Ainsi donc il me rabaissait même aux yeux de

ses domestiques ; depuis lors, quand j'avais envie
de faire une promenade en voiture, j'en faisais
demander une à la ville voisine.

Quand Dieu nous envoya des enfants, les choses
auraient encore pu s'arranger, si seulement mon
mari n'avait pas toujours voulu être le maître.
Mais non, il envoya notre garçon en pension
longtemps avant le moment nécessaire ! Quant à
ma fille, je déclarai que je voulais la garder près
de moi, et alors son père lui choisit lui-même une
gouvernante.

Nous avions tout pour être heureux, et néanmoins nous sommes si loin de l'être, que depuis
des années je n'ai pas eu un moment de bonheur !

Depuis longtemps j'avais envie d'aller aux
eaux, parce que là les femmes jouissent d'une
pleine liberté ; ayant beaucoup souffert des dents
et de la tête, je fis part à mon mari de mon
désir ; au lieu d'y souscrire, il voulut consulter
le médecin, qui me dit en riant que le grand air
et les bains de rivière me valaient beaucoup
mieux que les bains de ***.

Juste à ce moment je fis un petit héritage d'un
parent éloigné, et je fus vite décidée à l'employer
pour satisfaire ma fantaisie. J'écrivis pour me
commander quelques toilettes et pour retenir une
femme de charge qui pût me remplacer pendant

quelques semaines. Quand ce fut une chose ré-
glée, je dis à mon mari :

— Je veux que tu connaisses mes intentions.
Je compte aller à mes frais aux bains, et je mets
une personne de confiance à ma place.

Je ne puis vous dire *quel* regard il fixa sur
moi.

— Tu peux faire de ton argent ce qui te convient, me répondit-il, mais si tu vas aux eaux
pour me *narguer*, sache bien qu'une fois sortie
de ma maison, tu n'y rentreras point. J'aurai soin
de tout ce qui t'appartient ; mais, songes-y bien,
si tu pars, c'est pour toujours !

Dites-moi s'il valait la peine de faire une affaire
d'état pour une si petite chose ? Je fus comme
frappée de la foudre ; mais comme il y aurait eu
de la bassesse, un manque de dignité à renoncer
à mon projet, je persistai contre vents et marée.

Le courage me manquait en faisant mes préparatifs de voyage ; il me semblait que je partais
pour un enterrement ; si mon mari m'avait adressé
un seul mot affectueux, il m'aurait ramenée soumise et repentante ; mais non, il était pâle comme
la mort et me laissa partir sans faire une seule ten-
tative pour me retenir.

Depuis huit jours je suis ici et sans nouvelles
de chez moi ; je ne sais même plus si j'ai le droit
de dire mon chez-moi. Dites-moi maintenant si

vous ne trouvez pas que mon mari ait eu tous les torts?

La pauvre femme se cacha le visage et se mit à pleurer amèrement; tout le monde se taisait; la Maman prit la parole :

— Chère Madame, votre cœur vous dit bien mieux que je ne pourrais le faire, que vous avez fait fausse route. Je dois même dire que je respecte votre mari et que je le considère comme un homme d'honneur. Dieu l'a mis à la tête d'une famille; il en est le chef et le modèle, et ne doit pas se plier à toutes les fantaisies de sa femme. Si j'étais encore jeune fille, je n'hésiterais pas à donner ma main à un homme de ce caractère-là.

— Mais les femmes doivent-elles toujours être opprimées pour laisser leurs maris gouverner comme des pachas? demanda Madame Lenz, dont les larmes s'arrêtèrent un moment.

— Non, ce n'est pas ce que je veux dire, et ce n'est pas non plus la volonté du Seigneur qui a dit : « Maris, aimez vos femmes. » Nous avons toutes besoin de tendresse et d'indulgence; quand un homme le comprend, il peut tout obtenir; mais hélas! souvent les maris négligent ce commandement. En quoi et comment le vôtre a-t-il eu tort? je ne le sais pas et ne veux pas le chercher; mais je puis vous dire une chose; lorsque quelque procédé vous blesse, quand vous vous croyez lésée dans vos droits, au lieu d'attendre que votre mari fasse les premiers pas, allez au-devant de lui avec simplicité, avec douceur, avec amour ; n'accusez pas les autres, regardez à vous-même, et si la blessure est douloureuse, soyez certaine que la charité qui supporte tout, excuse tout, espère tout, et qui aime quand même et en tous temps finira, par triompher de tous les obstacles et vous soumettra tous les cœurs.

— Mais, reprit en hésitant Madame Lenz, si je consentais à m'humilier et à me soumettre, qui sait comment mon mari prendrait la chose et si je ne me serais pas abaissée pour rien ?

— Je crois, chère Madame, que vous n'avez pas encore fait l'essai sérieux de ce que peuvent l'amour et la soumission d'une femme. La douceur appelle la douceur. Je ne connais pas M. Lenz, mais je crois le comprendre. Dès que vous verrez clairement quelle route vous devez suivre et à quels devoirs Dieu vous appelle, marchez en avant sans calculer les conséquences ; le Seigneur vous soutiendra et vous conduira ; et si, contre toutes les apparences, les difficultés se multipliaient sous vos pas, il serait toujours là pour vous fortifier et vous consoler.

Au moment où la bonne veuve achevait ces mots, la jeunesse fit irruption dans le salon ; aux

causeries sérieuses succéda un joyeux brouhaha;
le professeur se mit au piano, les jeunes filles
voulurent danser, mais n'ayant pas de cavaliers,
plusieurs d'entre elles se confectionnèrent des
bonnets de police et autres coiffures masculines,
et un bal en règle commença. Il ne fut interrompu
que par le souper. On voulut le prendre en compagnie au lieu de se retirer chacun chez soi
comme d'habitude.

— Et pour le dessert, s'écria Madame Marie,
la Maman nous racontera son histoire, car elle
seule en doit une.

Histoire de la veuve.

Le récit de ma vie est si peu important, dit-
elle, qu'il ne vaut vraiment pas la peine d'être
écouté. J'étais orpheline, élevée par charité chez
une tante où je voyais souvent mon cher mari
qui venait y donner des leçons. Nous apprîmes
ainsi à nous connaître, et quand il me demanda
si je voulais devenir la femme d'un maître d'école,
je n'eus pas besoin de longues réflexions avant
d'accepter.

Ma tante ne pouvait s'opposer à cette union,
mais elle lui déplut et elle refusa d'assister à

notre mariage. Nous fîmes donc une noce des plus modestes ; une amie et le pasteur y assistèrent seuls. Le texte du discours était admirablement choisi : « Que l'amour fraternel demeure en vous. »

Quand nous voulûmes nous mettre à table et offrir à nos hôtes, non pas du bordeaux ou du champagne, mais un verre de cidre de notre verger, il manquait un verre ; nous n'en avions que trois dans notre modeste ménage.

— Ne t'inquiète pas pour si peu, ma chère femme, me dit tendrement mon ami, nous boirons dans le même ; la première fois que nous nous disputerons nous prendrons chacun le nôtre.

De ce jour-là il n'y eut jamais qu'un seul verre sur notre table, et quand nous étions en désaccord pour quoi que ce fût, nous nous disions l'un à l'autre :

— Faudra-t-il prendre deux verres ?

Et la paix était signée.

C'est ainsi que nous traversâmes quarante années appuyés l'un sur l'autre, nous entr'aidant, nous supportant et nous aimant. Et quand est venue l'heure de la séparation, quand mon mari, ne pouvant déjà presque plus parler, me fit signe de porter à ses lèvres brûlantes un verre d'eau glacée pour les rafraîchir, il sourit encore, me le tendit ensuite et murmura :

8*

— Nous n'en avons jamais eu qu'un, mais c'est que nous ne faisions qu'un.

— Et nous ne serons qu'un aussi dans l'éternité, aurais-je voulu dire ; mais les larmes étouffaient ma voix ; nous unîmes nos mains et nous restâmes ainsi recueillis devant notre Dieu jusqu'au moment où les siennes furent toutes froides. Je lui fermai les yeux par un baiser, et me jetant à genoux près de son chevet, je bénis Dieu de tout le bonheur qu'il m'avait donné, du départ si paisible de mon bien-aimé, et je repris la vie telle que le Seigneur me l'avait faite, dépouillée de son plus grand charme, mais riche encore de devoirs à remplir, de bénédictions à recevoir, et d'espérances pour l'éternité.

La Maman se tut ; chacun se sentait ému ; tous les yeux étaient humides ; on se sépara pour la nuit.

La pluie avait cessé, le soleil se levait splendide et radieux ; les prairies étaient émaillées de fleurs, les forêts semblaient parsemées de diamants.

Peu de baigneuses étaient déjà levées ; la Maman seule sur la terrasse admirait le paysage qui s'étendait sous ses yeux. En voyant son air sérieux et joyeux tout à la fois, on comprenait qu'elle songeait à cette aurore plus radieuse encore qui commencera pour le chrétien au delà du tombeau.

Dans la cour, le garçon d'écurie nettoyait une voiture et attelait les chevaux.

— Où allez-vous de si bon matin, Jean?

— Une dame doit partir pour être encore de bonne heure chez elle.

Au même instant Madame Lenz parut; ses yeux battus, son visage étiré portaient la trace de l'insomnie et des larmes; mais il y avait aussi sur sa physionomie une douceur et une sérénité qui ne s'y trouvaient pas la veille.

— Dieu vous conduise, chère Madame, dit tout doucement la veuve, en posant la main sur son bras.

Madame Lenz étonnée souleva la tête.

— C'est vous! oh merci! souhaitez-moi bonne chance pour mon voyage!

— Allez sous le regard de Dieu, chère enfant, vous ne vous en repentirez pas.

La voiture partit, et longtemps encore la Maman la suivit des yeux; puis, joignant les mains, elle implora tout bas le secours de Celui qui a dit: « Venez à moi, vous tous qui êtes travaillés et chargés. »

LE

BONHEUR DE LA VIE

—

Les rues de la petite ville de R. présentaient
un aspect des plus animés. Les bonnes couraient,
le panier au bras, pour rattraper le quart d'heure
perdu en inutiles bavardages ; les écoliers se dé-
dommageaient du silence forcé que leur imposait
leur maître, en redoublant de tapage et d'espiè-
gleries, et un paysan poussait devant lui une petite charrette pleine de denrées, en écorchant les
oreilles les moins sensibles de ses cris rauques et
éclatants.

Une jolie maison, située sur la principale place
de l'endroit, paraissait parée comme pour une
fête ; les fenêtres du salon étaient ouvertes et
permettaient d'apercevoir les rideaux de mousseline élégamment relevés par des guirlandes de
feuillage. Sur une table recouverte d'une nappe

d'une blancheur éblouissante s'élevaient des pyramides de gâteaux au milieu de vases de fleurs. Les passants ne pouvaient s'empêcher de jeter un regard curieux sur tous ces apprêts, et d'adresser quelques questions plus ou moins indiscrètes. La laitière, en retournant à la campagne, dit à la boulangère :

— Eh bien ! il y a donc une noce aujourd'hui ?

— Oh ! oui ! répondit celle-ci ; c'est la fille de Madame Gruber, la veuve du conseiller.

— Qui épouse-t-elle ?

— Un veuf, avec une masse d'enfants !

— Alors ce n'est pas la jolie ?

— A quoi pensez-vous ? la petite est à peine sortie de pension ; c'est l'aînée, la fille de la première femme, une bonne et charmante personne, sans dot, parce que la fortune vient de la seconde femme. On fait la chose très convenablement ; le repas vient de l'hôtel du Cygne ; ils vont à l'église à onze heures ; c'est bien dommage que vous ne puissiez pas attendre jusque-là.

La laitière partit, et la boulangère prit son tricot et s'installa près de la porte de sa boutique, afin d'être sûre de ne pas manquer le cortége.

Les préparatifs avançaient pendant ce temps dans la salle du festin sous la surintendance de Madame Schmecken, couturière de profession, élevée pour la circonstance au grade de maîtresse des cérémonies. Elle étalait complaisamment sur la table l'argenterie de famille, plus massive qu'élégante, et donnait un coup d'œil satisfait à la superbe robe de moire pensée, ouvrage de ses mains, et dans laquelle Madame Gruber se promenait majestueusement en donnant ses derniers ordres.

Dans une petite chambre de derrière, ayant vue sur le jardin, régnait un silence solennel, comme il convenait en un tel jour. La toilette des deux jeunes filles qui l'avaient habitée jusqu'à ce jour était terminée, et elles jouissaient pour la dernière fois de leur douce intimité.

Un visiteur qui serait entré dans cette paisible retraite aurait certainement pris pour la mariée cette jeune et ravissante créature, toute vêtue de blanc, une couronne de boutons de roses dans les cheveux; et pourtant ce n'était pas elle. Le voile et la couronne d'oranger étaient attachés sur la tête pensive et un peu triste d'une grande jeune fille, en robe de satin noir, dont la toilette et tout l'extérieur avait quelque chose de monastique.

Marie n'était pas jolie; son teint était mat, ses traits insignifiants, sa taille presque trop élevée; mais ses yeux profonds, avec une expression de bonté et de douceur, son calme et sa sérénité, répandaient une harmonie parfaite sur toute sa personne. Elisabeth, insouciante de défraîchir sa blanche toilette, était assise sur un tabouret aux pieds de sa sœur et la regardait.

— C'est pourtant dommage, Marie, dit-elle enfin, que tu ne sois pas vêtue de blanc; tu ressembles par trop à une religieuse !

— Mais que voudrais-tu qu'une humble femme de pasteur fît d'une robe de mousseline blanche, quand elle se met en ménage avec sept enfants ? répondit Marie en souriant.

— Ah ! c'est vrai, soupira Elisabeth; mais dis-moi, Marie, n'es-tu pas horriblement effrayée de la tâche que tu acceptes ?

— Non, pas horriblement; un peu, cependant, dit-elle d'une voix basse, mais ferme. Dieu sera avec moi, car c'est un vaste champ de travail.

— Oh ! oui, terriblement riche ! soupira de nouveau la petite. Dis-moi, ma bonne sœur, ne sois pas fâchée de ma question : Pourquoi n'as-tu pas choisi plutôt un autre mari ? Il me semble qu'il y a pourtant des hommes aimables et aimants qui n'ont pas nécessairement sept enfants.

— Parce qu'aucun autre n'a voulu de moi, dit Marie avec son tranquille sourire.

Elle avait depuis longtemps surmonté le sentiment pénible qu'impliquait cette réponse.

— Voilà ce que je ne puis pas comprendre,

reprit Elisabeth sérieusement, toi si bonne, si sage! N'aurais-tu pas pu rester avec nous? Je ne comprends pas ce que nous allons devenir sans toi!

— Tu ne crois pas cependant que je me marie uniquement pour fuir la position de vieille fille? dit Marie en rougissant.

— Vraiment non, s'écria vivement Elisabeth; pardonne ma sotte question, comme tu m'as déjà si souvent pardonné.

— Sois tranquille, chérie, je n'ai rien à te pardonner.

— Oh! tu as toujours été trop bonne, trop indulgente pour moi, dit la jeune fille en jetant ses bras autour du cou de sa sœur, et en l'embrassant avec toute la chaleur de son cœur aimant; quelle patience tu as eue avec moi! que de fois tu as réparé mon désordre, atténué les conséquences de mon étourderie! Où trouver une sœur aussi tendre que toi?

— Alors tu crois que je ne ferai pas une trop mauvaise belle-mère?

— Toi? tu seras au contraire la perle des belles-mères; il faut que Dekan soit né sous une heureuse étoile pour qu'elle l'ait conduit aux bains avec son jeune baron malade, juste le jour où tu es venue chercher maman. Il m'avait vue bien souvent pendant trois semaines sans songer que

je pourrais être une mère pour ses sept petits
orphelins. Tandis que toi, à première vue il
a deviné quel trésor tu serais pour lui; mais
moi.....

— Je comprends qu'il n'ait pas songé à toi,
ma petite fée, dit Marie en regardant avec orgueil la petite sylphide penchée sur elle. Ces
raisins-là étaient trop verts pour lui.

—Et puis sais-tu, continua Elisabeth, il a trouvé
peut-être que je ne serais qu'une huitième enfant
à élever! Tu es tout de même une courageuse
fille, Marie, de l'avoir accepté, et certainement
jamais je ne serai aussi généreuse, et quand je
me marierai, je veux être sans soucis et sans une
telle masse de devoirs à remplir pour commencer.

— Dieu le veuille, dit Marie, en déposant un
tendre baiser sur ces lèvres rieuses.

Un petit coup modestement frappé à la porte,
les fit tressaillir.

— Pouvons-nous entrer ? demanda une voix
enfantine.

— Entrez, dit Marie affectueusement, et il y
avait dans sa voix plus de protection que d'empressement.

La porte s'ouvrit et le fiancé Dekan Gerhard
entra. Il avait environ cinquante ans, son extérieur était agréable et sympathique, et comme il

avait été longtemps précepteur d'une noble famille, il n'avait rien de cette rustique gaucherie,
si commune aux pasteurs de village ; après lui,
parut son fils aîné, Ernest, déjà étudiant en
théologie, grand garçon avec de longs cheveux
blonds flottants sur les épaules, l'air timide et
embarrassé ; ensuite venaient les six autres enfants, deux fils et quatre filles, aux mines fraîches
et roses, sans mère. Nathanaël, petit bonhomme
de trois ans, était faible sur ses jambes et ne pouvait marcher qu'avec le secours de sa sœur ;
mais sa langue allait sans s'arrêter, tant il était
joyeux d'avoir été en voiture.

— Je vous amène tout mon petit troupeau,
Marie, dit Gerhard d'une voix émue.

Marie lui tendit la main en silence, mais tous
deux sentaient ce qu'il y avait de sérieux dans
l'acceptation d'une semblable tâche, et dans le
baiser qu'il déposa sur le front de sa fiancée, il y
avait tout l'amour et toute la reconnaissance du
mari et du père.

Il se retira dans l'embrasure de la fenêtre,
tandis que les enfants, d'abord un peu surpris de
la toilette inaccoutumée de leur future maman,
s'apprivoisaient peu à peu et l'accablaient de
questions et de caresses.

Au moment où Gerhard était entré dans la
chambre, Elisabeth s'était esquivée, pas assez

vite pourtant pour que Henry, le petit espiègle,
n'eût dit à sa sœur Françoise :

— Celle-ci aurait été plus jolie, si papa l'avait
choisie !

— Petit nigaud ! mais c'est une belle demoiselle, celle-là, et non pas une maman.

La belle demoiselle courut à la recherche de sa
mère et lui dit :

— Oh ! maman, tout ce bataillon est arrivé ;
quel courage a donc Marie ! sept à la fois ! si encore il n'y en avait que trois ou quatre ! mais
sept ! Je crois vraiment que les veufs ont toujours
sept enfants !

Il y a un certain rhythme dans cette phrase : un
veuf et sept enfants !

— Ton père n'en avait qu'un quand je l'épou-
sai, dit sa mère en riant.

— C'est vrai, et une fille comme Marie, si
bonne, si gentille ; ce devait être tout plaisir d'a-
voir une semblable poupée, mais sept !

— Ce sont de gentils enfants, reprit la mère
qui ne pouvait pas souffrir qu'on trouvât le mariage de sa belle-fille surprenant.

— Certainement ils sont charmants, surtout
depuis que Marie s'en est un peu occupée ; les
fillettes sont toutes mignonnes dans ces robes
bleues.

Les voitures arrivaient ; avant de se rendre à

l'église, les fiancés vinrent demander la bénédiction de leur mère. Jamais, peut-être, la fille et la mère ne s'étaient senties aussi émues ; car, où y a-t-il une séparation à laquelle ne se mêle quelques regrets ? On avait toujours admiré la manière dont Madame Gruber avait rempli ses devoirs de belle-mère, et jamais, jusqu'à ce moment, elle n'avait compris qu'elle aurait pu faire infiniment plus pour Marie qu'elle n'avait fait. Dans son enfance, elle l'avait laissée sans cesse aux soins des domestiques ; plus tard, elle l'avait sacrifiée à sa propre fille, la séduisante Elisabeth ; et si Marie était devenue une femme sérieuse, accomplie, son aide fidèle et le guide aimé de sa jeune sœur, c'était sans le concours de sa belle-mère.

Madame Gruber trouvait le mariage de sa belle-fille très naturel ; n'avait-elle pas, elle aussi, épousé un veuf ? Mais, ce qu'elle oubliait, c'est que son mari n'avait qu'une petite fille douce et docile, tandis que Gerhard avait sept enfants, tous plus ou moins indisciplinés.

Néanmoins, c'étaient justement ces sept enfants, sans mère et sans direction tendre et dévouée, qui avaient déterminé Marie à épouser leur père ; et s'il eût été plus flatteur pour Dekan de voir ses enfants adoptés par amour pour lui, il y avait plus de chances de bonheur pour tous dans les sentiments qui animaient la jeune fille.

Au moment de monter en voiture, on découvrit, horreur! que la pauvre petite Françoise avait des bas bleus, et il y eut un instant de confusion jusqu'à ce qu'une complaisante voisine en eût prêté une paire de blancs. Pendant le brouhaha occasionué par cette malencontreuse découverte, Madame Gruber apprit avec une indicible satisfaction que la vieille tante qui tenait le ménage du pasteur depuis son veuvage, avait refusé d'assister à la cérémonie, vu les nombreuses occupations que lui procurait l'arrivée d'une nouvelle maîtresse de maison, à laquelle elle voulait remettre les rênes de son gouvernement provisoire, et présenter un ménage parfaitement ordonné.

Un cousin de Dekan, M. Gérard, riche négociant établi depuis longues années à Anvers, où il avait fait fortune, s'était offert comme ami de noce et avait pensé éblouir toute la société en arrivant dans son élégant équipage.

Madame Gruber fut en effet très flattée de monter dans cette superbe calèche, en compagnie de son heureux propriétaire et de deux autres dames. Dans la seconde voiture étaient les époux, Elisabeth et Ernest, qui se faisait aussi mince que possible pour que sa charmante compagne pût étaler sa fraîche toilette. Enfin, dans

le dernier carrosse, venaient tous les petits enfants sous la protection d'une vieille cousine.

L'église était pleine d'amis et de curieux,
chacun faisait ses commentaires sur ce troupeau
d'enfants; mais les langues les mieux aiguisées
se turent à l'entrée de Marie et de Gerhard, sui-
vis d'Elisabeth et d'Ernest. Ce dernier examinait
curieusement Elisabeth et se demandait si la fameuse Hélène, qui avait mis toute la Grèce en
feu, était plus belle que la féerique apparition
qui marchait à ses côtés, enveloppée d'un nuage
de tulle et de gaze ; il ne pouvait s'empêcher de
croire, malgré lui, que les vêtements amples et
légers de la jeune fille étaient plus jolis et plus
gracieux que ces lourdes tuniques descendant
jusqu'aux pieds et menaçant de faire tomber à
chaque pas celles qui les portaient. Quant à Elisabeth, elle songeait peu à son muet admirateur;
elle ne voyait que sa sœur, et il lui semblait que
son cœur se brisait au moment de s'en séparer
définitivement. Elle ne pouvait retenir ses sanglots, et ce ne fut que lorsque les premiers mots
du pasteur arrivèrent à son oreille qu'elle parvint
à se calmer. Le texte du discours était celui-ci :
*Nous élevons nos yeux vers la montagne d'où nous
viendra le secours.*

Beaucoup de personnes furent surprises de ce
choix; mais il était évident que l'ami de Gerhard,

qui était venu pour le marier, avait compris quels
étaient les sentiments sérieux qui animaient la
jeune épouse, et qu'il était désireux de lui montrer à quelle source elle devait puiser pour trouver la force de remplir ses nouveaux et difficiles
devoirs.

Une prière simple et touchante termina la cérémonie, et bientôt le temple fut vide; la noce
rentra chez Madame Gruber, et les nombreux
assistants se retirèrent en faisant leurs supposi-
tions, leurs commentaires, en blâmant, louant,
suivant leur âge, leur sexe et leur éducation.

Une fois les compliments échangés, les vœux
offerts, les félicitations acceptées, on se mit à
table. Elisabeth avait essuyé ses larmes, et son
regard brillait de tendresse et d'espérance en
voyant le maintien modeste, mais joyeux de sa
sœur aînée; le cousin d'Anvers animait la conversation dont il se croyait permis de tenir le
haut bout en sa qualité d'étranger et de voyageur; Ernest levait timidement les yeux sur sa
nouvelle tante, quand un coup d'œil moqueur de
M. Gerhard le fit rougir jusqu'à la racine des
cheveux; il fut soulagé quand une de ses voisines
se mit à le questionner sur sa vie d'étudiant et
sur ses petits frères.

Les enfants étaient à une petite table où ils
s'amusaient prodigieusement. Comme le repas

se prolongeait, le petit Nathanaël se glissa en bas
de sa chaise et vint chercher un refuge près de
Marie qui le prit sur ses genoux, où il s'endormit
bientôt profondément.

Enfin arriva le dessert, et avec lui ce qu'on
appelle le bouquet de noces, qui consiste en une
corbeille pleine de cadeaux, non-seulement pour
les mariés, mais pour tous les assistants.

Il y avait des parures, des étoffes, des surprises pour chacun; Ernest fut ébahi, puis rayonnant en recevant une montre de sa belle-mère;
les fillettes poussèrent des cris de bonheur à la
vue de belles poupées neuves, et Nathanaël ouvrit les yeux pour recevoir un livre d'images!
Elisabeth reçut un joli étui en maroquin et demeura confuse en y trouvant un superbe brace-
let en brillants; c'était le cousin d'Anvers qui
avait voulu se distinguer dans cette circonstance,
et qui demanda la permission d'attacher lui-même
le bijou au poignet si délicat de la jeune fille.
En s'acquittant de ce soin, il murmura quelques
mots sur le désir de s'attacher Elisabeth par un
lien plus doux; mais, soit qu'il fût troublé et par
conséquent peu clair dans son discours, soit qu'E-
lisabeth elle-même ne voulût pas le comprendre,
il n'osa poursuivre, et remit sa demande à un
autre moment.

Le plus beau cadeau du bouquet était une

magnifique coupe en argent ciselé, offerte aux
mariés par le baron d'Ellershausen, l'ancien élève
de Dekan, sur laquelle était gravé ce passage des
Proverbes : *Heureux celui qui possède une femme
vertueuse, car son prix surpasse beaucoup celui des
perles.*

— C'est presque trop beau pour un humble
ménage de pasteur de campagne, dit Dekan en
la recevant; et pourtant, Dieu nous accordera
peut-être quelques fêtes de famille où nous pour-
rons nous en servir...

On sortit de table, et comme l'espace se
trouvait un peu restreint, une des demoiselles
d'honneur, pour occuper la société, proposa de
faire de la musique; elle se mit au piano, et
tandis qu'on l'entourait, les mariés purent sortir
inaperçus pour faire leur toilette de voyage.
Elisabeth, qui tremblait que Marie ne partît
sans lui dire adieu, ne se laissa plus captiver
par la brillante conversation de M. Gerhard,
et se glissa hors du salon sur les traces de sa
sœur. Elle la trouva dans leur chambre, pré-
parant sa robe de voyage. La position des nouveaux époux ne permettait pas un long voyage;
ils allaient seulement sur les bords du Rhin,
et faire une visite à la baronne d'Ellershausen;
puis Marie reviendrait au bout de peu de jours
prendre la direction de sa nouvelle famille et

décharger la bonne tante qui soupirait après le repos.

— Viens, enfant, viens m'aider, dit Marie en souriant.

Et elle s'assit pour ôter son voile et sa couronne. La main d'Elisabeth tremblait en retirant les épingles, quand tout à coup elle se sentit enlacée dans les bras de sa sœur, qui, appuyant la tête sur sa poitrine, se mit à sangloter comme un enfant. Oui, comme un enfant, car qu'est-ce qui ressemble davantage aux larmes de l'enfance que celles d'une mariée, qui ne peut retenir ses pleurs au moment de commencer une nouvelle vie, et qui sourit en les essuyant et en se berçant des plus douces espérances? Marie pleurait-elle de regret ou d'appréhension? Nul ne le sait; mais elle oublia vite sa propre douleur pour consoler sa sœur, et ce fut avec calme, quoique avec émotion, qu'elle dit adieu à sa mère et embrassa pour la dernière fois son Elisabeth bien-aimée.

Malgré tous les efforts de Madame Gruber, le temps commençait à paraître long à la compagnie; les enfants étaient endormis et fatigués, et furent heureux d'aller se coucher; leur exemple fut suivi par les autres convives, et bientôt il ne resta plus vestige de la fête.

M. Gerhard, qui repartait le lendemain pour la Hollande, demanda la permission de venir

présenter ses hommages à son prochain voyage ;
il avait envie d'ajouter quelque chose à sa re-
quête, mais l'air abattu d'Elisabeth lui fit comprendre que le moment n'était pas opportun, et
il partit précipitamment.

Il était tard, et pourtant Elisabeth ne pouvait
se décider à gagner sa chambre solitaire ; pour
la dixième fois elle disait à sa mère :

— Crois-tu vraiment que Marie sera heureuse ?

— Certainement, répondit Madame Gruber
que toute autre que sa fille aurait impatientée ;
Dekan me plaît de plus en plus, c'est un digne
homme et un homme du monde aussi ; et puis,
dis-toi bien, ma chère, qu'à vingt-neuf ans, on
ne peut plus avoir les mêmes prétentions qu'à
dix-sept.

— Chère petite maman, laisse-moi t'avouer
qu'en écoutant le discours du pasteur et la manière dont il parlait de soumission et de dévouement, je me suis sentie tout émue ; cela me paraissait si beau et si naturel, qu'à la fin je me suis
demandé si je n'aurais pas le courage d'épouser
un veuf avec sept, même avec neuf enfants. Dis-
moi, bonne mère, si le bonheur consiste uniquement dans le renoncement ?

— Sois tranquille, répondit sa mère en souriant, car elle connaissait peu l'abnégation par

son expérience personnelle, tu ne me fais pas l'effet de devoir jamais suivre cette route-là, et il y a parfois des enfants gâtés de la nature qui ont à parcourir un sentier bordé de fleurs.

Comme un enfant, Elisabeth avait posé sa jolie tête sur le bras de sa mère, qui lui ôtait tout doucement sa couronne de roses, et quiconque eût pu voir cette charmante créature eût pardonné à sa mère de la croire destinée à un bonheur sans mélange.

— Bonsoir, mère chérie, dit-elle gaiement.

Et elle alla gagner son lit, où bientôt elle fut profondément endormie. Mais son sommeil fut agité, et elle rêva qu'elle était la femme d'un gros, vilain, vieux monsieur... Comment cela s'était-il fait, elle ne pouvait le comprendre, et son agitation devint si vive qu'elle se réveilla tout en larmes.

— Oh! Dieu merci, ce n'est qu'un songe! s'écria-t-elle en essuyant ses yeux.

L'influence du temps est une vraie bénédiction, car si elle ne nous fait pas oublier, du moins elle nous aide à surmonter la souffrance d'une séparation; oui, une bénédiction et un bienfait, car comment pourrions-nous poursuivre notre route ici-bas, si nous portions le fardeau de nos chagrins et de nos déceptions depuis notre jeunesse jusqu'au terme de notre carrière? Et pour-

tant cet oubli partiel nous cause du regret, nous
nous le reprochons comme une faiblesse, comme
une faute, comme une ingratitude envers ceux
dont nous nous séparons avec tant de déchire-
ment.

Madame Gruber ne trouva pas si difficile de
reprendre la vie sans Marie, quoiqu'elle eût sincèrement aimé sa belle-fille. La veuve du conseiller aimait les visites, les bals, le théâtre, la toilette, et quoique jamais Marie ne se fût permis un
blâme ou seulement une observation, sa belle-
mère était mal à l'aise; elle ne pouvait supporter l'indifférence avec laquelle Marie écoutait ses
interminables dissertations sur la couleur d'une
robe ou la coupe d'une manche, et la toilette
toujours simple et modeste de sa fille lui paraissait un reproche vivant de son élégance et de
sa prodigalité. Elle était jalouse aussi de la tendresse qu'Elisabeth portait à sa sœur, et elle
craignait de laisser trop paraître sa partialité
pour sa propre enfant.

— Marie avait une heureuse influence sur ma
fille, disait-elle, mais elle en aurait fait bientôt
une nonne; Marie, qui n'avait aucun charme
extérieur, faisait bien de rester toujours simple
et modeste; cela lui a réussi, puisque c'est ainsi
qu'elle a gagné le cœur de son mari... Mais
pour Elisabeth, c'est bien autre chose, et je puis

ambitionner pour elle un tout autre avenir!...

Les regrets d'Elisabeth étaient sans mélange;
elle avait trouvé chez sa mère indulgence et gâ-
teries, tandis que sa sœur était pour elle une
amie sûre et éclairée, qui la guidait en la déve-
loppant. Dix fois, cent fois par jour, elle se surprenait à dire :

— Qu'en penses-tu, Marie?... Que conseilles-
tu, Marie?...

Elle poursuivait sa mère de ses éternelles
questions : Que fait Marie? où est-elle? que
pense-t-elle? Et la première lettre qu'elle reçut
de la jeune femme fut portée sur son cœur comme
une lettre d'amour.

Madame Gruber s'efforça de distraire sa fille;
elle l'introduisit dans un cercle soi-disant français; on se réunissait de bonne heure, on lisait
quelques articles de l'*Ami de la Jeunesse* ou du
Journal des Demoiselles, on essayait d'écorcher
quelques phrases de français, puis arrivaient le
café, les petits gâteaux, et, la langue maternelle
reprenant ses droits, la conversation s'animait de
plus en plus.

Puis vinrent les concerts, les bals, et si parfois Elisabeth se sentait mal à l'aise dans ces
nombreuses réunions, elle finissait par y prendre
goût et s'amusait de tout son cœur. Au com-
mencement de l'hiver, elle écrivait d'immenses

lettres à sa sœur, et puis, comme les réponses étaient moins longues, elle se lassa de cette correspondance dont elle faisait presque tous les frais, et se contenta d'envoyer de petits billets à la chère absente.

Les deux sœurs avaient toujours eu l'habitude, avant de se coucher, de lire ensemble un chapitre de la Bible; souvent elles causaient sur ce qu'elles avaient lu, et les questions d'Elisabeth trouvaient toujours une réponse satisfaisante :

— Qui lira désormais avec moi? demandait l'enfant gâtée à Marie avant son départ.

— Maman, peut-être.

— Oh! non; tu sais bien que maman lit dans son petit livre, *le Chemin de l'éternité;* mais elle dit que nous ne pouvons pas comprendre la Bible.

— Eh bien! lis toute seule, et quand tu seras embarrassée, écris-moi.

— Je veux bien, mais je crois que je ne pourrai pas.

— Essaye seulement.

Les essais ne furent pas nombreux. Madame Gruber s'était abonnée à un cabinet de lecture, et les ouvrages qu'on s'y procurait étaient si intéressants, que souvent, après le coucher de sa mère, Elisabeth prolongeait sa lecture bien avant dans la nuit. Lorsque le sommeil la gagnait, elle ouvrait bien son Testament pour l'acquit de sa conscience, mais ses yeux fatigués ne pouvaient suivre les caractères, et son esprit préoccupé ne pouvant se fixer sur quelque chose de sérieux, elle s'endormait en essayant de rassembler ses idées. Parfois un passage la frappait et la portait à réfléchir.

— Maman, dit-elle un soir qu'elles étaient toutes deux seules, je suis poursuivie par cette parole : *Celui qui ne prend pas sa croix et ne me suit pas, n'est pas mon disciple.* Mais, maman, je n'ai pas de croix à porter !

— Quelle simplicité ! tu ne veux pourtant pas absolument avoir une croix à porter? Attends seulement, ma pauvre petite, tôt ou tard, tu auras bien une croix à porter, et alors il s'agira de la prendre résolûment sans vouloir t'en débarrasser. Tu vois comme j'accepte mon veuvage; eh bien ! croirais-tu qu'il y a des femmes qui gémissent et pleurent leurs maris pendant des années entières? Ce sont celles qui ne veulent pas accepter la croix qui leur est imposée. Comprends-tu la différence?

Elisabeth n'était pas très convaincue. Et pourtant, il faut avouer que Madame la conseillère portait sa croix avec aisance et facilité; elle en avait sans doute fait arrondir les angles, afin de pouvoir la porter plus longtemps.

9*

— Je veux aller aujourd'hui voir la vieille Braun, maman, disait un matin Elisabeth; Marie m'a demandé deux fois déjà si je ne l'avais pas oubliée.

— Aujourd'hui, c'est impossible, tu sais que nous devons aller à l'exposition des fleurs et de là à une réunion chez le président. Envoie Frédérique lui porter quelques vêtements et un peu d'argent.

— Mais elle a été si heureuse, quand après la noce de Marie j'ai été la voir, et elle m'a dit que personne n'allait jamais lui faire la lecture.

— Il y a d'autres gens qui ont plus de temps pour cela que toi, dit Madame Gruber péremptoirement; du reste, je dois te dire, continua-t-elle, que ces visites de pauvres, d'écoles, d'hôpitaux me semblent de l'affectation; de mon temps personne n'y songeait, et l'on était néanmoins aussi charitable qu'à présent. Les pauvres sont bien assez hardis pour venir chez nous, et quant au petit nombre de pauvres honteux, rien ne saurait les rendre plus effrontés que d'aller les visiter. Crois-moi, ce n'est qu'une affaire de mode.

— Mais Marie ne le faisait pas par mode, dit Elisabeth les larmes aux yeux et blessée de voir ainsi accuser sa sœur.

— Certainement non; mais Marie était en train

de devenir vieille fille, et l'on cherche alors tout ce
qui peut remplir le cœur, et il est heureux qu'elle
ait pris de semblables habitudes, puisqu'elle est
devenue la femme d'un pasteur. Pour toi, ma
chérie, nous avons du temps.

— Il est vrai que je ne m'y entends guère, et
que je suis souvent bien embarrassée près des
pauvres gens, dit Elisabeth.

L'été était arrivé, et toute la société de R.
se disposait à quitter la ville pour se disperser
soit aux bains, soit à la campagne; après bien
des hésitations, Madame Gruber se décida pour
Baden; elle aurait voulu emmener sa fille avec
elle, mais la dépense l'effrayait, et elle fut enchantée d'accéder au désir qu'avait Elisabeth
d'aller passer quelques semaines auprès de sa
sœur; si elle s'ennuyait trop dans un village,
elle trouverait bien une occasion pour aller rejoindre sa mère.

Celle-ci n'aurait peut-être pas été fâchée de
produire sur un plus grand théâtre sa jolie et
charmante fille, mais comme au fond elle n'était
pas pressée de la marier et s'estimait fort heureuse de la garder encore quelques années, elle
finit par consentir à partir seule pour les eaux.

Elisabeth à sa mère.

I

Chère maman! me voici enfin chez Marie, au milieu de son cercle d'activité, que je ne lui envie nullement. Pauvre Marie! quelle vie occupée, absorbée, envahie que la sienne! Sur pied du matin au soir, sans un moment de relâche! A sept heures déjà les garçons doivent être à l'école; il faut coiffer les petites filles; Nathanaël, qui est lymphatique, boit de trois sortes d'infusions; Pauline, qui menace de devenir contrefaite, doit faire de la gymnastique; Mina déteste les occupations du ménage, et il faut les lui faire aimer! Et puis il y a des champs, il faut songer aux ouvriers, faire du bouillon pour toutes les femmes en couche!... Et M. Dekan? Celui-là ne sert à rien, et ne fait rien que donner des ordres, dire ce qu'on doit faire ou ne pas faire, et quand par hasard il manque un bouton à sa redingote, il l'apporte avec un air de dignité offensée, comme si sa femme avait dû prévoir ce malheur depuis longtemps.

Oh! les hommes! Dieu me préserve de jamais

me marier! Quand je songe à notre tranquille et douce existence comparée à celle-ci!

Marie ne paraît pas malheureuse, ou peut-être ne veut-elle pas me l'avouer, parce qu'elle sait que je n'approuvais pas son mariage. Rarement elle est de mauvaise humeur; elle est d'une patience remarquable, et paraît s'entendre très bien avec son mari, ce qui me semble inconcevable.

Tu ne saurais croire combien il l'accable d'occupations de tous genres :

— Chère femme, ne pourrais-tu pas surveiller les semailles du champ?..... Marie, n'est-ce pas, tu seras assez bonne pour mettre les adresses et cacheter les trois paquets qui sont sur mon bureau? Deux sont pour les pasteurs Schneckenthal et Ladenburg, et un pour le secrétaire du consistoire; mais ne les confonds pas, et que ce soit prêt pour dix heures!... Il faudra relire le devoir de Mina!... Et puis, ne trouves-tu pas le mur du jardin bien nu? Si nous y mettions des plantes grimpantes? Il faudrait alors te procurer des vases à fleurs d'une jolie forme étrusque, mais bon marché...

— Mon ami, je sais qu'il n'y en a pas ainsi...

— Mais il doit y en avoir; seulement, il y a toujours des difficultés à tout ce que je désire...

Et quand alors je crois Marie hors des gonds après toutes ces stupides demandes, elle sourit seulement, et répond :

— Nous ferons tout; chaque chose en son temps.

Je ne sais vraiment pas quelle idée il se fait des capacités d'une femme... Non, jamais je ne veux de mari !

Il a l'air pourtant d'aimer beaucoup Marie et d'avoir une haute opinion d'elle :

— Elle comprend tout et fait tout bien, dit-il.

Merci d'une semblable confiance, qui met sur les épaules d'une seule ce que trois ne pourraient supporter !...

Tu m'as bien dit que lorsque tout ce train me fatiguerait, je devais me retirer dans ma chambre; mais sais-tu bien, bonne mère, que lorsque je l'ai essayé, ma conscience ne m'a laissé aucun repos ? Me croiser les bras, au lieu de donner un bon exemple à Mina, et de soulager ma bonne sœur ! C'est justement le terrible de ma position ici; je ne puis sans remords jouir d'un instant de *dolce far niente*.

Je me reproche le temps que je viens d'employer à ma lettre; il me semble que je devrais être au jardin à garder le pauvre Nathanaël pendant que sa mère visite le linge qu'Ernest vient d'envoyer à blanchir et à raccommoder,

Adieu, chère maman ! Tout le monde t'embrasse, et moi plus que personne.

Ta fille,

ELISABETH.

II

Me voici de nouveau la plume en main, dans la crainte que tu ne juges mal ma bonne Marie et son mari.

On n'est pourtant pas si mal ici que tu parais le croire; je suis, je crois, un peu gâtée par notre vie si facile.

Il y a aussi de bons moments quand les enfants sont sages autour de la table et qu'on n'a pas besoin de crier sans relâche : « Paul, comme tu manges gloutonnement ! Caroline, ne renverse pas toujours de l'eau ! Edouard, reste à ta place ! »

Les promenades sont aussi agréables ; seulement, presque toujours un des enfants se perd, ou tombe dans un ruisseau, ou renverse la petite voiture de Nathanaël ; malgré cela, ils sont enchantés. Mon beau-frère est un brave homme, et je vois bien qu'il aime tendrement Marie et qu'elle le lui rend ; seulement, je voudrais qu'il comprît davantage quel trésor il possède, tandis

qu'il l'accepte comme un dû. Marie se met à
rire quand je lui dis cela, et me demande si je
voudrais avoir un mari toujours en adoration
devant moi... Et au fait elle a raison, quoique le
plus difficile pour moi soit de me représenter ce
que je serais si j'avais un mari. Pour me décider
à en prendre un, il faudrait qu'il fût bien différent de celui de ma sœur.

J'admire sa manière d'être vis-à-vis des enfants; mais il y a des difficultés qui ne doivent
pas exister pour une véritable mère. Ernest, ou,
comme nous l'appelons, le séminariste, me paraît
le meilleur de tous; si seulement ce brave garçon
n'envoyait pas toujours son linge sale *après* la
lessive, et s'il n'avait pas toujours le malheur de
renverser sa lampe sur ses livres et ses habits!
Il vénère sa belle-mère, et a étendu sa vénéra-
tion jusqu'à moi et m'a envoyé un charmant
bouquet de fleurs des champs... La tâche est
plus difficile avec Mina, qui a quatorze ans et qui
commence à avoir des prétentions; tantôt elle
veut une robe, que le père trouve inutile, ou
bien elle voudrait aller à une soirée dansante,
ce que son père ne veut pas, et c'est Marie qui
doit tout refuser et prohiber. A ma grande satisfaction, elle s'est décidée à parler sérieusement
à son mari à ce sujet.

— Cher ami, lui a-t-elle dit affectueusement,

tu dois m'aider à gagner et à garder le cœur de
tes enfants; gronde et défends quelquefois, et
laisse-moi permettre et adoucir leurs petites déceptions... Les belles-mères sont des plantes dé-
licates qui ont besoin de soins pour prospérer,
ajouta-t-elle avec un triste sourire.

L'autre soir elle venait de coucher Nathanaël;
il se mit à pleurer :

— Est-ce vrai, maman, que tu n'es pas notre
vraie mère, seulement une belle-mère, et elles
sont toutes méchantes?

— Qui t'a dit cela?

— Pauline.

Pauline est celle des enfants que j'aime le
moins, et en entendant son petit frère, elle devint rouge comme les flammes. J'étais furieuse
qu'elle fût allée troubler le pauvre enfant avec
cette idée de deux mères.

— N'est-ce pas, mère, ce n'est pas vrai? dit
Nathanaël avec crainte.

— Tu as aussi une mère au ciel, mon
chéri !

— Mais je n'ai pas besoin d'une autre mère
dans le ciel, je ne veux que toi !...

Et il se mit à sangloter.

— Ta maman t'aimait beaucoup, mon amour,
et elle a beaucoup pleuré en te quittant, ainsi
que tes frères et sœurs; et quand du ciel elle

vous a vus seuls sur la terre, sans mère pour
vous aimer, elle a prié le bon Dieu de vous donner une autre maman qui pût la remplacer près
de vous. C'est alors que le Seigneur m'a envoyée;
ne voulez-vous pas m'aimer?

Nathanaël ne répondit que par des baisers;
Françoise demanda :

— Et quand nous irons tous au ciel retrouver
notre vraie mère, que fera-t-on de toi?

— Alors nous serons tous dans la maison paternelle, dit Marie en attirant l'enfant à elle, et
je raconterai à votre mère comment vous avez
été sages et obéissants, et comme nous nous
sommes aimés.

Tous les enfants furent émus, sauf Pauline, qui
conservait son air boudeur et sournois; Marie ne
lui dit rien, mais plus tard elle remonta près du
lit de la petite fille. Que lui dit-elle? Je ne sais;
mais le fait est que depuis lors Pauline paraît
aimer tendrement sa belle-mère.

Il me semblait qu'en faisant ainsi les avances,
Marie diminuait le respect qu'on lui devait; mais
elle m'assure, au contraire, qu'elle fait chaque
jour des progrès dans l'affection de ses enfants, et
c'est pour elle l'essentiel, vu sa position délicate.
Je ne puis m'empêcher parfois de lui dire :

— Marie, es-tu vraiment heureuse, sérieusement satisfaite de ton sort?

— Chérie, j'ai à peine le temps de réfléchir
beaucoup sur les différentes espèces de bonheur;
mais je crois que je suis à la place que Dieu m'a
destinée, et je suis heureuse.

Et, comme je paraissais un peu étonnée et in-
crédule, elle continua :

— Crois-moi, Elisabeth; le sort le plus heureux est celui qui nous apprend à regarder constamment en haut, et à implorer sans cesse le
secours de notre Père céleste. J'ai un mari qui
m'aime tendrement, je le lui rends de tout mon
cœur; j'admire et j'estime ses précieuses quali-
tés; je ne suis donc pas à plaindre. Si tu ambi-
tionnes une existence plus poétique pour l'avenir, je ne désire qu'une chose pour toi, c'est que
ton bonheur repose sur des bases aussi solides
que le mien...

— Maman, il me faut un cahier neuf.

— Maman, la fileuse est là.

— Madame, où faut-il planter les salades?

Tel fut le triple appel auquel Marie dut répondre, et nous laissâmes là notre conversation,
la première un peu suivie depuis mon arrivée
ici...

Ne nous plains donc plus, chère maman; je
t'assure que je commence à me trouver très bien
ici. Je suis bien aise que tu t'amuses aux bains,
et je me réjouis d'aller te chercher à Baden,

quoique mon séjour près de Marie me soit fort
utile...

Adieu! n'oublie pas ton

ELISABETH.

III

Aujourd'hui, petite mère, je ne viens à toi
qu'en courant et pour accompagner de quelques
lignes les gâteaux que Marie veut t'envoyer.
C'est touchant de voir comme ma sœur pense à
tout le monde et trouve du temps pour tout.
Quand j'irai te rejoindre, nous achèterons quelque chose de joli pour chacun des enfants.

Je serais de mieux en mieux ici, si je pouvais
rester un peu tranquille; mais le moyen, quand
tout le monde travaille sans relâche! Marie n'a
qu'une cuisinière et une petite orpheline recueil-
lie par charité et qui en profite pour donner plus
de peine que de secours; au milieu de tout ce
remue-ménage, la maîtresse de la maison paraît
toujours satisfaite.

Il va nous arriver une nouvelle complication.
L'ancien élève de Dekan, le baron d'Ellershausen, a annoncé sa visite. On lui a ordonné un
changement d'air et un peu de distraction pour
le tirer de la profonde tristesse où l'a plongé la

mort de sa mère. On lui prépare un logement dans la petite maison du jardin, afin de lui éviter le bruit et le mouvement des enfants.

Il amène son domestique avec lui ; mais il faudra néanmoins s'occuper de lui, le distraire, lui faire la lecture..., et Marie trouve que cela me reviendra de droit jusqu'au moment des vacances d'Ernest. Je le ferai volontiers pour obliger ma sœur, mais je trouve très ennuyeux de voir un jeune homme toujours malade. On dit que c'est une maladie du cœur.

Je suis étonnée qu'il vienne ici plutôt que d'aller aux bains, où il aurait été infiniment mieux installé et où il aurait donné bien moins de peine. Non que je me refuse à contribuer à son bien-être, mais je ne voudrais pas que sa présence nous assombrît tous. Je n'ai jamais connu Madame la baronne, et ne puis par conséquent pas beaucoup la regretter.

Tu es bien bonne, chère maman, de désirer me voir arriver à Baden, et je m'en réjouirais si je pouvais me résoudre à quitter Marie au moment où je me sens le plus utile. S'il se présentait une excellente occasion, peut-être en profiterais-je ; mais ici personne ne songe à aller aux eaux. On se plonge dans le Necker, et tout est dit.

Adieu, à la hâte, bonne mère !

La jeune fille faisait tous ses efforts pour marcher sur les traces de sa sœur aînée, et pour s'absorber dans les occupations journalières de la maison ; parfois il lui semblait pourtant qu'elle était exilée, et elle jetait un regard d'envie sur la vie animée et joyeuse de Baden.

Marie était dans le feu des préparatifs pour recevoir convenablement le baron ; il fallait des ouvriers de tous genres pour rendre habitable la maisonnette du jardin, et au grand scandale d'Elisabeth, son beau-frère ne sortait de son cabinet que pour blâmer les arrangements de sa femme ou pour la surcharger de nouveaux ordres.

Enfin, la voiture du baron s'arrêta devant le presbytère ; le domestique soutenait dans ses bras son jeune maître pâle et défait. La réception de Dekan fut simple et cordiale, et l'affection profonde du jeune homme pour son ancien précepteur inspira du respect à Elisabeth pour son beau-frère. Le baron se tourna vers Marie, et lui prenant les mains, il lui dit tristement :

— Je n'ai plus de mère, voulez-vous être mon amie ?

On le conduisit immédiatement à son appartement, car le repos était urgent.

L'arrivée d'un étranger dans le cercle de famille faisait époque dans la vie des enfants ; on

leur avait recommandé de ne pas fatiguer le malade par leurs bavardages, et c'est à peine s'ils
osaient s'approcher de lui lorsqu'il les appelait.
Quand le baron se faisait rouler dans son fauteuil
sur la terrasse, au milieu des fleurs, la vie semblait renaître en lui ; Dekan et Marie l'entouraient de soins et d'attentions, et les enfants
étaient flattés quand on leur permettait de s'asseoir tranquillement autour de lui. Elisabeth
trouvait qu'un jeune homme faible et malade
n'était pas du tout gênant, et qu'elle pouvait,
sans se compromettre, se permettre mille prévenances dont elle se fût abstenue dans d'autres
circonstances. Les soirées surtout étaient charmantes ; l'esprit profond et cultivé du pasteur, la
poésie et le charme qui s'attachaient au jeune
malade, les lectures en commun, la musique qui
venait égayer ces réunions, et, plus que tout
cela, la sérieuse piété qui animait tous les cœurs
sans les assombrir, donnaient un attrait jusqu'a-
lors inconnu à la vie quotidienne. Elisabeth ne
regrettait plus les bals, les concerts, le monde,
et, comme il arrive la plupart du temps aux
jeunes filles, elle s'enthousiasma pour cette nouvelle existence. Ses lettres à sa mère témoi-
gnaient même d'une certaine exaltation, et Madame Gruber lui répondit :

« Tu sais, ma chère enfant, combien je respecte la religion, mais je n'aime pas qu'on en parle beaucoup, et il me semble que tu tournes à l'austérité et au mysticisme. *Soyez dans la joie avec ceux qui sont dans la joie,* dit la Bible. Aussi je trouve qu'il est temps que tu viennes me rejoindre, afin de profiter encore un peu de la saison brillante de Baden. Si tu n'as pas d'occasion, prends le chemin de fer et arrive au plus vite. »

Si les soirées étaient agréables et paisibles, les journées n'en étaient que plus laborieuses. Il y avait une grosse lessive; Marie était à la buanderie surveillant les domestiques, Elisabeth s'était chargée de la cuisine, quand un des enfants poussa ce cri d'alarme :

— Une voiture! une voiture!

En un instant toute la maison fut en pleine confusion, et les deux sœurs arrivèrent en même temps sur le seuil de la porte pour recevoir leurs hôtes inattendus. Grande fut la surprise en reconnaissant le cousin Gerhard d'Anvers, qui leur fit ses excuses de sa visite inopportune, mais leur expliqua que, passant à quelques lieues de leur résidence, il n'avait pu résister au plaisir de venir leur présenter ses hommages.

Tout en parlant avec une grande volubilité, il se retourna pour offrir la main à une dame fort élégante qui occupait le fond de la voiture et donnait mille directions à la fois à une pimpante

femme de chambre qui sautait à bas du siége.
Au premier instant, Marie crut que M. Gerhard
venait leur présenter une nouvelle cousine; mais
son erreur fut courte, car le négociant lui nomma
Madame Buisson, la femme de son associé, qui
se rendait à Baden et dont il avait consenti à être
le chevalier.

On entra dans le salon; M. Gerhard ne pouvait dissimuler sa satisfaction de trouver chez
son cousin la charmante jeune fille qui l'avait
enchanté lors du mariage du pasteur. Quant à
Elisabeth, houteuse d'être surprise en négligé,
elle remit à sa nièce Mina (très flattée de cette
preuve de confiance) la surintendance du dîner,
et se hâta d'aller réparer le désordre de sa toilette.

Le négociant, qui avait compris d'avance que
son arrivée dans un modeste ménage comme celui du pasteur pourrait être un embarras pour
Madame Dekan, avait pris la précaution d'apporter pâtés, volailles et gâteaux, en sorte qu'au
bout de peu d'instants la société put passer dans
la salle à manger.

Lorsque Madame Buisson apprit que Madame
Gruber était à Baden, elle n'eut pas de cesse
qu'elle n'eût décidé Elisabeth à faire route avec
elle. Toutes les difficultés furent levées par cette
obligeante Parisienne, qui offrit à la jeune fille

les services de sa femme de chambre française
pour mettre ses toilettes à la hauteur de la
mode, et lui imposa, pour ainsi dire, son concours pour faire ses malles. M. Gerhard fut enchanté de ce projet, et se consola de voir Elisabeth entièrement absorbée par Madame Buisson,
se réservant de se dédommager pendant le
voyage.

Tandis que les dames faisaient les préparatifs
nécessaires, auxquels Marie n'osait s'opposer,
quoique cela la contrariât, le pasteur conduisit
son cousin faire visite au baron. L'excellent
homme ne se doutait pas du supplice qu'il infli-
geait à son ancien élève; celui-ci acceptait avec
soumission l'épreuve que Dieu lui avait envoyée
en le privant de sa santé et de ses forces, mais
un sentiment douloureux remplissait son cœur
lorsqu'il se trouvait en présence d'un jeune
homme de son âge, dans toute l'exubérance de
la vie. Quoique élevé à l'école du renoncement
par ses souffrances continuelles, il lui semblait
qu'il était coupable de rester toujours couché sur
un sofa ou dans un fauteuil, au lieu de dépenser
ses forces au service de ses semblables ou de son
maître. Ce jour-là il sentit plus péniblement le
contraste, et lorsque devant lui M. Gerhard fit
allusion au départ d'Elisabeth, le brave Dekan,
qui s'en réjouissait pour sa belle-sœur, ne s'a-

perçut pas que la joue si pâle du baron était devenue plus pâle encore.

Elisabeth était comme dans un rêve; elle voyait bien que sa sœur n'approuvait qu'à demi ce départ précipité, sous l'escorte d'une *amie* deux heures auparavant encore inconnue, mais elle ne savait comment résister à tant d'instances, d'amabilité, et son visage prit une expression si malheureuse qu'il fallut que Marie la consolât.

— Allons, viens m'aider, lui dit-elle; nous irons prendre le thé sur la terrasse avec le baron.

La soirée était charmante; les enfants furent servis sur une table à part; les grandes personnes, réunies sous le bosquet, jouissaient de ce paisible moment de repos. Le baron était silencieux; son silence devint contagieux et gagna Elisabeth, qui se croyait indispensable dans la maison, et se reprochait comme un crime son brusque départ.

L'animation de M. Gerhard frappait d'autant plus; il avait tout vu, tout lu, tout connu, et ne cessait un moment de parler. Madame Buisson dut renoncer à ses tentatives infructueuses pour faire causer le baron, et se consola de son insuccès par cette réflexion faite à demi-voix :

— Il a décidément le cerveau un peu faible!

La nuit arrivait; le domestique du baron vint lui rappeler qu'il devait éviter le serein.

— Chantez-nous encore quelque chose! dit-il à Elisabeth.

Sans se faire prier, elle prit sa guitare et, de sa voix pure et vibrante, elle entonna un cantique, que bien souvent déjà il avait entendu.

Lorsqu'elle eut terminé, il lui prit la main :

— Adieu! dit-il; je ne vous reverrai peut-être pas demain, peut-être jamais!... Merci de votre sympathie pour un pauvre malade. Que Dieu vous conduise !...

Le baron regarda partir la gracieuse jeune fille, puis il rentra chez lui en murmurant ces mots :

— Que ne puis-je espérer te revoir bientôt! Sans toi, que sera ma vie? Mon Dieu, aide-moi !...

De grand matin l'équipage de M. Gerhard était prêt pour emmener les voyageurs.

Elisabeth, dans sa jolie toilette, ne pouvait encore se résoudre au départ; elle avait mille recommandations à faire et des caresses pour chacun des enfants. Marie fut obligée de remonter son courage, et pourtant, au moment de la

quitter, la sœur aînée ne put que lui donner un
silencieux baiser dans la crainte de laisser paraître toute son émotion... C'est que Marie, quoique heureuse femme et bonne mère, voyait disparaître un météore lumineux qui avait pendant quelques semaines réchauffé et égayé son
foyer domestique.

Dekan et sa famille rentrèrent un peu tristes
au logis, quand la voiture eut disparu à leurs
yeux.

— Ta mère sera contente de nous, dit-il à sa
femme; nous avons profité de la première occasion pour lui renvoyer Elisabeth, et notre intérieur était un peu sérieux pour une aussi jeune
fille.

— Je ne sais pas si nous avons bien fait;
confier cette enfant à un aussi jeune homme...

— Bah! Georges n'est plus si jeune; il a passé
trente ans, et Madame Buisson qui est là comme
chaperon... Et puis enfin, serait-ce donc un bien
grand malheur si, d'une compagne de voyage,
Gerhard faisait la compagne de sa vie? Avoue
que tu as abordé cette pensée?

— Peut-être y ai-je pensé, en effet; mais je ne
l'ai jamais désiré.

— Pourtant Georges est un excellent garçon,
et ta mère serait rayonnante de voir une de ses
filles dans une aussi brillante position.

— Ne nous crois-tu pas plus heureux au milieu
de nos soucis, de nos devoirs et de nos innom-
brables occupations, que notre Elisabeth ne pourrait l'être au milieu du luxe, de l'opulence, avec
un mari comme ton cousin ?

— Tu as toujours raison, chère amie; je n'a-
vais pensé qu'à la satisfaction d'amour-propre de
Madame Gruber, tandis que j'aurais dû songer
au bonheur intime de notre charmante petite
rose... Comme le baron va regretter son aimable
lectrice !

— Justement, le départ de ma sœur me fait
plaisir pour lui. Ces rapports continuels auraient
pu devenir dangereux.

— A quoi penses-tu donc? reprit Dekan en
riant; un invalide comme lui, ayant déjà un pied
dans la tombe, et notre Elisabeth pleine de jeunesse, de vie et de beauté.

— La pitié est parfois à redouter, dit Marie.

— N'est-ce pas? Tu en as fait l'expérience,
petite femme, et c'est ce sentiment seul qui t'a
portée à m'épouser?

— L'honneur est tout de mon côté, puisque
sans toi j'aurais pu augmenter le nombre des
vieilles filles déjà si considérable dans notre
pays...

Et tout en causant ainsi, les époux rentrèrent
au presbytère pour reprendre leurs devoirs; plus

d'une fois Marie soupira en regardant la place
vide de son petit rossignol, comme elle appelait
souvent Elisabeth.

Une fois lancée dans la vie de Baden, Elisabeth
eut fort peu de temps pour penser à Marie, à ses
embarras de ménage, à ses sept enfants, voire
même au pauvre baron, auquel elle manquait si
cruellement. Elle vivait dans un tourbillon de
plaisirs, de parties de campagne, de bals, de
visites, et trouvait fort commode de voir sans
cesse ses désirs prévenus par tous ceux qui l'entouraient. Madame Buisson ne pouvait faire un
pas sans elle; la voiture de M. Gerhard était à sa
disposition; elle était l'âme de leur petit cercle,
et lorsque parfois sa mère parlait de départ, elle
avait toujours une bonne raison à alléguer pour
prolonger leur séjour à Baden.

Elle n'avait plus le temps d'écrire à Marie;
une seule petite lettre avait été griffonnée à la
hâte :

« Tu ne saurais croire, ma bonne sœur, écrivait Elisabeth, combien nous sommes occupées
ici. Chaque jour il y a de nouveaux amusements,
de nouvelles parties; Madame Buisson est charmante pour nous; elle a absolument voulu que

nous vinssions habiter avec elle. M. Gerhard est
d'une amabilité parfois gênante; il veut que nous
l'appelions *cousin*, et l'autre jour, pour un simple petit pari qu'il avait perdu avec moi, il m'a
offert une ravissante petite montre en or. Maman
et moi ne savions vraiment pas si nous devions
l'accepter; mais Madame Buisson nous a dit que
nous le blesserions au vif si nous voulions la lui
rendre... On me presse déjà de finir ma lettre;
une fois à la maison, je t'écrirai tout au long; si
seulement tu pouvais être ici un moment à ma
place, comme cela te ferait du bien! Mes compliments à M. le baron et mille amitiés pour tes enfants et ton mari... »

Non-seulement Elisabeth n'avait pas le temps
d'écrire, mais impossible de lire. Sa petite Bible,
dans laquelle elle lisait jadis si régulièrement
avec sa sœur, n'avait pas même été déballée; elle
ne pouvait ni penser, ni prier. Elle ne faisait de
mal à personne, tout le monde l'aimait. Le bon
Dieu lui pardonnerait de ne pas trouver le temps
de se réconcilier!

Quelquefois elle pensait au pauvre baron, rentré solitaire dans son château :

— Il prendra un secrétaire, ou bien le pasteur
du village viendra le visiter, se disait-elle; et puis,
il est si pieux, si résigné, qu'il acceptera facilement son isolement.

Le cousin Georges n'était pas toujours à Baden ;
ses affaires le forcèrent à faire plusieurs absences ;
mais ses attentions toujours plus marquées pour
Elisabeth, son admiration non dissimulée, mettaient souvent la jeune fille dans une position difficile ; aussi finit-elle par désirer de quitter les
eaux, trop heureuse d'avoir évité une déclaration
qu'elle redoutait, que sa mère désirait ardemment et que Madame Buisson regardait comme
inévitable. Pourquoi Gerhard ne se prononça-t-il
pas ? Personne ne put le deviner.

Elisabeth était rentrée dans la maison paternelle ; elle se croyait lasse de mouvements et de
plaisirs, et elle fut surprise de trouver sa vie ordinaire calme et monotone. D'avance elle s'était
proposé d'employer cet hiver à prendre des leçons, à s'occuper de musique, de dessin ; mais
les goûts sérieux avaient considérablement dimi-
nué, et elle fut enchantée que le carnaval lui
fournît de nouvelles occasions de s'amuser. Belle
et aimable, chacun se faisait un plaisir de l'invi-
ter ; aucune fête n'était complète sans la charmante Elisabeth, et bientôt elle ne put accepter
toutes les invitations qui lui furent adressées.
Néanmoins, elle fut bientôt fatiguée de bals, de

concerts, de toilettes, et elle voyait approcher
avec bonheur l'époque fixée par Marie pour venir passer quelques semaines à R. Cette visite
mettrait un frein aux dissipations de leur vie,
et il serait si doux de rentrer, pour un peu de
temps, en possession exclusive de cette sœur
chérie !...

Madame Gruber voulait faire préparer la
chambre d'apparat pour recevoir sa belle-fille;
Elisabeth insista pour que Marie vînt reprendre sa place auprès d'elle, et elle eut gain de
cause. Cette grave question était encore indé-
cise, lorsque ces dames reçurent une lettre de
Madame Dekan qui anéantit tous leurs projets;
la jeune femme était souffrante, on craignait pour
elle un voyage, et il lui en coûtait d'autant plus
de renoncer à son projet qu'elle craignait bien
de ne jamais revoir sa mère et sa sœur.

Elisabeth fut bouleversée de ces nouvelles, et
fort scandalisée de ce que Madame Gruber ne
s'alarmât pas davantage; celle-ci se contenta de
faire une foule d'achats qu'elle transformait en
brassières et en petits bonnets. La perspective de
voir sa Marie bientôt en possession d'un nouveau
trésor stimula le zèle d'Elisabeth qui fit courir
son aiguille avec une rapidité toute nouvelle, et
fut ravie de pouvoir offrir à son filleul les preuves
de son habileté.

L'hiver avait paru long et sévère au baron
d'Ellershausen retiré dans son château et fort
isolé de toute société.

Il avait passé plusieurs fois la mauvaise saison
à la ville du temps de sa mère; mais seul, le
courage lui avait manqué; il avait vécu dans la
retraite à cause de sa mauvaise santé, et devenait un peu sauvage. L'activité des autres lui
faisait sentir plus douloureusement son inaction
forcée, et il se repliait de plus en plus sur lui-
même.

Depuis la mort de sa mère, quand ses forces
lui permettaient de quitter sa chambre, son unique promenade était au champ du repos; là, il
regardait tristement ce mausolée de marbre blanc
qui recouvrait les restes de celle qui l'avait tant
aimé, tant soigné, et tout à côté une petite tombe
qui renfermait sa sœur jumelle, morte en naissant, et il lui semblait qu'il avait bien le droit
d'aspirer au repos. Jamais il n'avait joui de la vie
comme un autre enfant. Dès sa naissance il avait
été si faible, si délicat, que la prolongation de
son existence n'était due qu'à la tendresse, aux
soins incessants de sa mère, et chaque année
ajoutée à sa vie était considérée comme un miracle.

Veuve fort jeune, et après une union qui lui
avait donné peu de bonheur, la baronne s'était

uniquement consacrée à son fils. Pendant longtemps elle l'avait conduit de la mer à la montagne, des eaux thermales aux chalets, du Nord
au Midi, demandant à la science et aux différents
climats la santé pour son enfant bien-aimé ; mais
si l'existence se prolongeait, les forces et la vie de
la jeunesse n'arrivaient pas, et la pauvre mère,
reconnaissante de ce que du moins son fils vivait
encore, concentra tout son bonheur à l'entourer
de son infatigable amour.

L'acceptation d'une semblable épreuve fut
moins facile pour Gustave que pour la baronne.
Dans ce corps si faible, il y avait une âme de feu,
un esprit ardent ; tout ce qui était beau et grand
dans le passé comme dans le présent l'enthou-
siasmait. Il voulait être marin, militaire, homme
d'Etat, artiste, savant ; se rendre utile, se faire
aimer, se dévouer pour son pays, voilà ce qui
faisait tour à tour l'objet de son ambition ; et
lorsque la souffrance lui faisait comprendre que
jamais il ne pourrait fournir une carrière comme
un autre enfant, le découragement s'emparait
de lui, il devenait concentré, irritable, mécon-
tent de tout et de lui-même. La tendresse seule
de sa mère trouvait encore de l'écho dans son
cœur, et cet amour si dévoué le préserva de l'é-
goïsme et de l'amertume.

Après beaucoup d'essais infructueux avec des

bonnes, des gouvernantes et des précepteurs, ce fut M. Dekan Gerhard qui réussit à captiver le cœur et l'esprit de Gustave.

Aussi calme et positif que son élève était fougueux et poétique, le nouveau professeur sut néanmoins lui faire comprendre qu'il y avait un devoir pour lui dans l'étude; il l'intéressa non-seulement à ses leçons, mais encore à mille petites occupations ou distractions qui reposaient l'esprit et raccourcissaient les heures de souffrance et de réclusion.

La baronne ne pouvait assez bénir l'ami qui comprenait si bien la nature de son enfant bien-aimé.

Il y avait encore bien des progrès à faire pour le pauvre Gustave avant qu'il acceptât sa vie de privations et de douleur, et il fallait un enseignement supérieur à celui de Dekan pour amener la soumission et l'acceptation volontaire dans ce cœur si souvent porté au murmure et à la révolte.

Gerhard désirait de tout son cœur amener son élève à la conviction que Dieu, dans sa bonté, dirigeait tout pour le mieux.

Il est facile, disent souvent les malades, de venir nous prêcher la patience et la soumission, vous qui êtes heureux et bien portants... Aussi n'est-ce pas de semblables exhortations qui peu-

vent amener la paix; il faut une rosée céleste
qui ranime les cœurs abattus, une bénédiction
d'en haut qui réjouisse et fortifie les cœurs an-
goissés.

La voix humaine, même lorsqu'elle emprunte
les promesses de la Parole de Dieu, ne saurait
arriver jusqu'au fond des consciences. Il n'y a
qu'une sympathie à laquelle nous ne résistons
pas quand nous l'avons comprise, et de laquelle
découle la vie éternelle. Celui qui a souffert jusqu'à la mort pour nous n'a-t-il pas le droit de se
faire entendre? Hélas! ce n'est guère que dans
la sombre nuit de la souffrance que nous répon-
dons à cette voix bienfaisante!

Il en fut ainsi pour Gustave; ce fut durant ces
longues, longues nuits d'insomnie, où il n'entendait d'autre bruit que les battements de son cœur
malade, qu'il comprit le but d'amour que Dieu
se proposait, et qu'il put enfin accepter son sort
comme choisi pour lui par une main paternelle et
miséricordieuse.

Dès ce moment, le caractère du jeune homme
fut transformé; il devint patient, reconnaissant
de l'affection et des soins qui l'entouraient, et il
surprit tout le monde par sa douce gaieté et sa
joyeuse soumission.

Mais si, au fond, il acceptait cette vie dépouillée, il y avait des moments où sa croix lui

semblait lourde à porter, et où il aurait succombé au découragement sans un secours et une
force qu'il ne puisait pas en lui-même.

Ce premier hiver passé dans son château, après
la mort de sa mère, fut une des plus douloureuses
phases de sa vie. Jusqu'alors il s'était senti aimé,
entouré d'une sollicitude sans pareille; il avait
répondu à ce dévouement par une tendresse sans
bornes. Il choisissait dans ses lectures les pas-
sages qui pouvaient intéresser sa mère; il faisait
de la musique pour lui plaire; souvent, pour lui
dissimuler ses souffrances, ses dessins ornaient la
chambre de la baronne. Leurs promenades se
faisaient toujours en tête-à-tête; il sentait battre
près de lui un cœur à l'unisson du sien..... Et
maintenant il était seul, toujours seul! Le bruit
de ses pas le faisait tressaillir; le courage lui
manquait pour ouvrir son piano; son carton à
dessins restait dans un coin de la bibliothèque;
ses lectures ne l'intéressaient plus..., à qui en
parler?...

Après le dîner, il allait dans la chambre de la
baronne, s'étendait sur le canapé et essayait de
dormir, dans l'espoir qu'un rêve lui rendrait le
bonheur passé, et que pour un moment il oublierait son isolement. Heureux, bien heureux quand
une heure, un quart d'heure passait ainsi ina-
perçu! Les journées se traînaient si lentement!...

De loin en loin, un voisin venait passer une
heure avec lui, puis tout rentrait dans le silence.
Il voulut s'occuper des malheureux; ne pouvant
voir par lui-même les besoins de ceux qui s'a-
dressaient à lui, il fut trompé, volé, et ne fit plus
l'aumône que par devoir, sans plaisir et sans
joie.

Mais pourquoi, lorsqu'il est ainsi seul étendu
dans son fauteuil, regardant la flamme du
foyer vaciller et s'étendre, sa physionomie s'a-
nime-t-elle parfois d'un si brillant sourire? C'est
qu'il revoit en imagination une belle et gracieuse
jeune fille qui l'entourait de prévenances, le comblait d'attentions, avec une bonté, une simplicité
charmantes! Pourquoi ne viendrait-elle pas un
jour animer de sa douce présence cette maison
si solitaire? Pourquoi sa tendresse ne réchauffe-
rait-elle pas ce cœur désolé?... Oh! non, non,
ce ne sont que des rêves, il faut les éloigner;
il serait égoïste de penser seulement à enchaî-
ner cette enfant si jeune, si resplendissante de
vie et de beauté, à un homme triste, malade,
mourant peut-être... Et le regard de Gustave,
un moment illuminé par ce souvenir, reprend sa
mélancolie habituelle, et il lutte pour oublier
cette charmante Elisabeth et pour retrouver la
paix du cœur. Malgré tous ses efforts, l'image
de la jeune fille le poursuit bien souvent; il vou-

drait la revoir une fois encore, lui dire un muet adieu avant de tourner cette page du livre de sa vie.

Les choses en étaient là, lorsqu'au mois de mai il reçut une lettre de Dekan, lui annonçant, avec les mêmes transports que s'il s'agissait d'un premier fils, la naissance de son huitième enfant, et lui demandant de bien vouloir lui servir de parrain.

— Elisabeth y sera! pensa Gustave.

Et d'une main tremblante, il écrivit quelques mots pour annoncer qu'il acceptait l'invitation et le filleul.

Les amis arrivaient au presbytère. Elisabeth avait eu peine à contenir son impatience jusqu'au moment où, installée dans la chambre de sa sœur, son petit neveu dans ses bras, elle regardait alternativement le pâle, mais joyeux visage de Marie, et l'espèce de petite poupée que la garde lui avait confiée.

Madame Gruber donnait une foule de sages conseils, et paraissait fière de ce nouveau titre de grand'mère, d'autant plus que le miroir lui assurait qu'elle était encore bien jeune pour cette dignité.

Il était heureux que tous les enfants eussent

un cœur aimant et sans jalousie, car leur père était en adoration devant ce nouveau-né, comme s'il était d'une espèce supérieure à tous les autres.

Ernest, qui aimait et vénérait sa mère, avait été profondément ému quand Marie, lui remettant son petit frère entre les bras, lui avait dit :

— Si Dieu lui retirait son père et sa mère, c'est à toi, cher Ernest, que je confie le petit orphelin.

Mina avait été investie des fonctions de femme de charge, et se promenait glorieusement par toute la maison en faisant résonner son trousseau de clefs.

La veille du jour fixé pour le baptême, le cousin Gerhard et le baron arrivèrent et s'installèrent à l'hôtel voisin, pour ne pas encombrer le presbytère et augmenter les soucis de Madame Dekan. Gustave, qui n'avait jamais vu d'enfant nouveau-né ne pouvait se lasser d'admirer cette petite machine si fragile et si complète, tandis que le négociant disait avec une insouciance incroyable à côté d'une mère :

— N'est-ce pas, ces petits êtres viennent aveugles au monde comme les chats?... Il faut avouer qu'ils sont bien dégoûtants...

Il ne vit pas l'indignation de Marie, non plus que la rougeur qui colorait les joues du baron, parce qu'à ce moment Elisabeth entrait dans la chambre. Elle salua M. Gerhard d'un air si embarrassé que Gustave en fut frappé, et lorsqu'ensuite elle se dirigea vers lui en disant :

— Bonsoir, Monsieur le baron..., comment allez-vous ?

Il ne put s'empêcher de se dire tristement :

— Une jeune fille ne salue un homme la première que lorsqu'elle le trouve sans conséquence.

Et, voyant la manière dont Elisabeth évitait le négociant :

— C'est une preuve que le cœur parle ; elle n'est plus du tout la même, se dit-il ; mais il me semble que j'aurais pu plus facilement en faire le sacrifice pour un autre que pour celui-ci !

Le baron avait bien deviné. Elisabeth n'était plus la même ; seulement, si elle avait le cœur oppressé, elle ne l'avait pas encore donné ; elle devait sous peu prendre une décision d'où dépendait le bonheur de sa vie. Quelques semaines auparavant, M. Gerhard avait officiellement demandé sa main.

La mère, qui attendait impatiemment cette démarche, en fut enchantée.

Elle aurait volontiers gardé sa fille encore quelques années ; mais elle était flattée de la marier aussi jeune et de la voir recherchée par un millionnaire.

Elle ne doutait pas un instant que cette proposition ne sourît infiniment à Elisabeth ; aussi fut-elle stupéfaite quand la jeune fille devint très pâle et joignit les mains avec angoisse en s'écriant :

— Mon Dieu ! viens à mon aide !...

— Allons, allons, enfant, calme-toi ; il pourrait t'arriver un plus grand malheur que d'être demandée par un homme aussi aimable et aussi riche. Et puis cela ne doit guère te surprendre, car tu t'es certainement aperçue que tu lui plaisais...

— Sans doute, mais je n'avais jamais pensé plus loin.

— Eh bien ! prends du temps pour te faire à cette idée ; j'écrirai à M. Gerhard qu'il attende, ou bien veux-tu que je dise non tout de suite ?

— Non, ne refuse pas encore ; mais pourquoi s'adresse-t-il à moi ? Il aurait pu en choisir une bien plus riche...

— Parce que tu es une enfant gâtée ; tu es née coiffée. Tes vœux sont accomplis avant d'être formés.

— Mais je ne suis pas sûre du tout que je le désire.

— Alors prends ton temps, réfléchis, et ne t'agite pas...

Elisabeth se mit à réfléchir, mais le calme la

fuyait; sans cesse cette question se posait devant
elle : « Faut-il ? ne faut-il pas ? » et chaque jour
la solution de ce problème lui paraissait plus difficile, plus impossible.

Madame Gruber, pour la première fois de sa
vie, se sentit irritée contre son idole; mais lorsqu'elle voulut la presser :

— Mère, tu m'as promis de me laisser libre;
demande à M. Gerhard d'attendre quelque temps.
que ferais-je s'il voulait que je devinsse tout de
suite sa fiancée ?

Quoique à contre cœur, la mère consentit à re-
culer l'entrevue, et le négociant, fort surpris du
peu d'empressement de cette petite provinciale à
accepter l'honneur qu'il lui faisait, se promit de
l'éblouir par la richesse de ses cadeaux, et fit ses
emplètes chez l'orfévre et le bijoutier.

Les choses en étaient à ce point, quand les
puissances belligérantes se trouvèrent en présence au presbytère. Elisabeth, plus angoissée
que jamais, fuyait le cousin Georges, et le cousin Georges, fort ennuyé d'attendre si longtemps,
murmurait entre ses dents :

— Madame Buisson a raison; la plus simple
est toujours coquette, et une jolie femme abuse
de son pouvoir.

Elisabeth descendit au jardin de bonne heure,
le jour du baptême, pour cueillir des fleurs pour

orner le salon. Absorbée dans ses réflexions, elle
n'entendait pas quelqu'un qui s'approchait d'elle,
et tressaillit lorsque la voix du baron lui dit :

— Bonjour, Mademoiselle; vous semblez bien
pressée...

— Oh! non, vraiment, dit-elle un peu confuse
de cette rencontre inattendue. Il y a tant de
monde là-haut, qu'on peut se passer de moi.

— Alors, vous pourriez bien vous asseoir ici
un moment, et reprendre votre mission de charité en tenant compagnie à un malade...

Elisabeth s'assit sur la terrasse à son ancienne
place, vis-à-vis de Gustave. La regarder, être
près d'elle lui faisait tant de bien, que le jeune
homme crut avoir remporté la victoire sur lui-
même et pouvoir sans danger jouir de sa présence.

— Comment avez-vous passé l'hiver, Monsieur le baron? dit Elisabeth pour rompre un silence qui l'embarrassait.

— Seul, tout seul, répondit-il d'une voix mélancolique.

Mais, se souvenant de sa résolution :

— Et vous, Mademoiselle, avez-vous été beaucoup aux bals, aux concerts?

— Oh! oui, reprit Elisabeth un peu confuse;
j'ai vécu dans un véritable tourbillon. C'était très
joli; mais, n'est-ce pas....., elle hésita un instant

et ses yeux devinrent humides; n'est-ce pas, vous
n'approuvez pas les plaisirs aussi mondains?

— Si je les condamnais, vous pourriez me citer
la fable du *Renard et des Raisins*, dit-il en souriant.

— Oh! non, continua Elisabeth sérieusement;
je sais que vous êtes au-dessus de tout sentiment
d'envie, et j'ai foi en vos paroles... Voyez-vous,
je suis une enfant gâtée par tout le monde; ma
mère est très bonne pour moi; mais..., mais...
je ne sais pas si je ne serai pas toujours seule
pour chercher le chemin du ciel, et je voudrais
avoir un ami sûr, qui voulût me guider, et me
montrer quelles sont les choses bonnes et per-
mises. Condamnez-vous la danse, par exemple?

— C'est une chose difficile à décider, surtout
pour moi; savoir ce qui est permis ou défendu
n'est pas toujours aisé à discerner. Dieu a mis
bien des fleurs sur notre route, et je crois que
nous pouvons et même que nous devons en jouir,
mais il ne faut pas en désirer d'autres et puis
d'autres, et pour les cueillir quitter le sentier qui
nous est tracé.

— Voilà justement la difficulté, dit Elisabeth,
de savoir quelles sont les fleurs qui croissent sur
mon chemin! Tous ces plaisirs m'ont été offerts,
et pourtant ils me semblent un obstacle à mes
meilleures aspirations.

— Aucun homme ne saurait conduire son prochain vers la patrie céleste; ce que notre cœur condamne, voilà ce qu'il nous faut éviter, quand même personne n'y verrait de mal... Les cinq vierges sages de la parabole veillaient avec leurs lampes allumées; je ne sais si elles auraient pu danser sans répandre leur huile, ajouta le baron avec un sourire. C'est une tentation à laquelle je n'ai jamais été soumis.

— Oh! le chemin du ciel vous est facile, à vous! s'écria vivement Elisabeth, rougissant de cette exclamation involontaire.

— Vous avez raison, reprit tranquillement Gustave; oui, le chemin est tracé devant moi..., s'il n'est pas facile toujours, du moins je ne puis le méconnaître, c'est celui de la souffrance et du renoncement... Que Dieu vous en donne un moins raboteux à parcourir!...

— Elisabeth! Elisabeth! où es-tu?... Viens donc, il faut t'habiller!...

— Peut-être pourrai-je causer encore un peu avec vous, dit Elisabeth en soupirant; merci et adieu!...

Le baron la suivit d'un regard triste et tendre, et tout son cœur s'éleva vers Dieu pour lui demander de conduire lui-même cette charmante enfant au port tant désiré.

Dekan avait su gagner l'affection et la sympathie de son troupeau, en sorte que l'église était pleine de monde quand le cortége y pénétra ; mais personne ne fit attention ni au petit poupon entouré de ses frères et sœurs, ni à la taille imposante et à la riche toilette de la grand'mère, ni à la figure rayonnante du pasteur ; à peine remarqua-t-on le contraste entre le jeune négociant avec son gilet de velours brodé d'or, ses joues rebondies et son air joyeux, et le visage pâle, la tournure languissante du baron. Tous les regards se concentrèrent sur Elisabeth, plus jolie que jamais dans sa robe de satin noir, et qui semblait absorbée dans des pensées qui ne tenaient pas à la terre. En effet, la jeune fille, dans ce moment de recueillement, se sentait tellement détachée du monde qu'elle ne songeait qu'avec angoisse à y rentrer ; elle disait du fond du cœur :

— Seigneur, montre-moi la route que je dois suivre et qui conduit à toi !... Puisque maman le désire tant et que je puis rendre M. Gerhard si heureux, je donnerai mon consentement. J'aurai beaucoup de devoirs à remplir, mais aussi le moyen de faire beaucoup de bien.

A ce moment ses yeux s'arrêtèrent sur le négociant ; son air distrait, ennuyé, pendant cette cérémonie, la frappèrent, et il lui sembla impossible de jamais venir avec *lui* demander la béné-

diction de Dieu sur leur union. Il la regardait
avec tant de hardiesse et d'assurance qu'elle en
eut horreur. Elle voulut rassembler ses idées et
s'occuper uniquement de la cérémonie qui avait
lieu ; le baron tenait l'enfant dans ses bras et le
présentait pour recevoir le baptême ; son visage
respirait tant de douceur, de paix, de sérieux ;
il paraissait tellement absorbé dans l'acte qu'il
accomplissait et dans sa prière pour que le Seigneur bénît son petit filleul, qu'Elisabeth se sentit fortifiée et calmée.

En sortant du temple, les enfants se réunirent
autour de leur heureuse mère, et personne, sauf
Elisabeth, n'entendit Gerhard murmurer :

— Sur ma parole, si j'avais cru que toute cette
histoire durât si longtemps, je n'y serais point
allé... Jamais on ne dînera dans cette maison.

Enfin l'on se mit à table ; le cousin Georges
trouva moyen de se glisser à côté de l'objet de
son admiration, vis-à-vis du baron. A mesure
que les vins circulaient, la langue du négociant
se déliait et devenait indiscrète ; Gustave allait
quitter sans bruit la salle du festin, quand
Georges but à la santé de sa future *belle-mère*.
Il allait trop loin ; Elisabeth, blessée de cette
étrange liberté avant qu'elle lui eût donné aucun
droit de la prendre, saisit un prétexte pour quitter la table. Il lui fallait du repos, du silence ;

elle voulait encore un moment avant de s'engager définitivement; elle aurait désiré fuir jusqu'au bout du monde pour être seule, tout à fait
seule.

Ce ne fut pas au jardin qu'elle trouva la solitude, car en arrivant sur la terrasse, quelle ne
fut pas sa surprise d'y trouver le baron qu'elle
croyait rentré chez lui. Désireuse de cacher sa
rougeur et son angoisse, elle allait s'esquiver
sans lui adresser la parole, lorsqu'il lui dit affectueusement :

— Ne restez-vous pas un instant?... Je voudrais vous dire adieu; je pars demain matin...

— Déjà?... Je croyais que vous passiez l'été
ici...

— Non, pas cette année; je dois aller aux
bains et puis rentrer dans ma solitude... Puisque
mon départ est si prochain, me permettez-vous,
quoique ce soit peut-être un peu prématuré, de
vous offrir tous mes vœux pour votre bonheur?...
Que Dieu vous bénisse et vous conduise, chère
Elisabeth! Vous aurez peu de temps, sans doute,
pour penser à moi; mais si vous m'accordez parfois un souvenir, soyez certaine que vous ne
serez jamais oubliée d'un être pour lequel vous
avez été un ange consolateur, et qui priera pour
vous ici-bas... ou là-haut !...

En disant ces mots, il lui prit la main avec

émotion, et, par un effort violent, elle parvint à
dire :

— Vous vous trompez, je ne suis pas encore
fiancée, et je ne sais pas.....

— Si votre cœur a choisi, n'hésitez pas ; partout où vous irez, vous serez en bénédiction !...
Soyez heureuse... adieu !...

Il voulut se lever, mais Elisabeth le retint par
la main et dit avec angoisse :

— Oh ! ne vous en allez pas ! J'ai tellement
besoin d'un véritable ami qui puisse me donner
un conseil désintéressé !.....

— Mais c'est que je ne suis pas un ami désintéressé ! s'écria le baron avec feu et entraîné par
une émotion profonde. Elisabeth, laissez-moi
partir ; je ne puis pas *encore* vous voir la fiancée
d'un autre... Oh ! s'il m'avait été permis de vous
offrir ma protection !... Jamais je n'avais autant
déploré mon sort qu'à cette heure !... Dieu m'ai-
dera à accepter sa volonté sans murmures, Elisabeth ! Pardonnez-moi de vous ouvrir ainsi mon
âme ; c'est l'adieu d'un mourant !...

Une fois encore il voulut se lever et la quitter,
mais elle tenait toujours sa main, et quand il osa
la regarder, il y avait dans ses yeux tant de mo-
destie, mais tant de douceur et de tendresse, qu'il
s'écria :

— Parlez, Elisabeth ! Est-ce possible..., est-ce

par pitié..., ou bien voulez-vous vraiment être à moi ?...

La charmante tête de la jeune fille s'inclina sur l'épaule de Gustave, et déroba ainsi sa rougeur et ses larmes.

Ils demeurèrent longtemps en silence, le baron étendu dans son fauteuil, Elisabeth sur une chaise basse, la main dans la sienne, le regardant avec confiance, comme un enfant regarde sa mère; ils entendirent des pas approcher, et ne bougèrent pas.

Madame Gruber, impatientée de voir l'absence de sa fille se prolonger aussi longtemps, contrariée de ce qu'elle fût partie au moment décisif, avait proposé à M. Gerhard, le fiancé en expectative, d'aller à la recherche de la jeune personne; le négociant, qui commençait à trouver que c'était faire longtemps attendre une réponse à quelqu'un de son importance, et qui n'admettait pas la pensée d'un refus, accepta l'offre de sa future belle-mère. Il avait mis dans sa poche une bague de diamants qu'il comptait placer sur la jolie petite main d'Elisabeth comme un anneau de fiançailles. Ils restèrent donc stupéfaits lorsqu'ils se trouvèrent en face du baron et de la jeune fille.

— Maman, dit celle-ci en souriant et sans quitter son humble position, les choses ont mar-

ché autrement que nous ne l'avions pensé; veux-
tu nous accorder ta bénédiction?

Dans son saisissement, Madame Gruber ne
trouva aucune parole pour rendre ses sentiments; quant à M. Gerhard, sa situation présente n'ayant été prévue en aucune façon, il se
trouva pris au dépourvu. Rouge de colère, il
voulut balbutier quelques mots :

— En vérité, Mademoiselle.....

Mais il ne put aller plus loin.

— Pardonnez-moi, Monsieur Gerhard, dit Elisabeth avec dignité, si j'ai jamais pu vous donner
le change sur mes sentiments; je ne les connais
moi-même que depuis quelques instants; sans
cela, je vous aurais depuis longtemps déjà donné
une réponse; pardonnez-moi, et n'accusez que
ma jeunesse et mon inexpérience.

Elle lui tendit la main; mais il était blessé
trop au vif pour pardonner si vite; sa déception
était d'autant plus cruelle qu'il croyait impossible
qu'une jeune fille résistât à la fascination d'une
magnifique fortune.

— Vraiment, dit-il enfin, je ne savais pas jusqu'à présent quel charme il y avait dans le titre
de baronne... Madame Gruber, si vous donnez
votre consentement à ce mariage, vous l'aurez
sur la conscience...

— En vérité, Monsieur le baron, dit Madame

Gruber, je ne puis concevoir comment vous avez surpris ainsi le consentement d'une personne aussi jeune et inexpérimentée qu'Elisabeth; cela ne peut être décisif, et vous comprenez qu'il y a des obstacles...

— Je l'ai toujours si bien compris, Madame, qu'il a fallu une circonstance tout exceptionnelle pour me laisser aller à découvrir des sentiments que j'aurais voulu pouvoir dissimuler à tous les yeux. Votre fille est libre, Madame; je lui rends sa parole et ne veux la recevoir que de votre main... Je ne puis lui offrir ni une fortune considérable, ni un bonheur suivant le monde, comme elle est en droit de l'attendre; mais en échange d'une vie de sacrifice et de renoncement, je lui promets un amour plus fort que la vie, et qui se prolongera dans l'éternité!...

Le baron se leva en disant ces mots, et conduisit Elisabeth près de sa mère; il la baisa au front et lui dit d'une voix émue :

— Quoi qu'il en soit de la décision de votre mère, je vous bénirai toujours comme celle qui a réchauffé et consolé mon cœur, et vous serez mon bon ange jusqu'à la fin de mes jours!...

Epuisé des émotions de ces dernières heures, Gustave rentra lentement dans la maison. Madame Gruber le suivit des yeux.

— Quoiqu'il ne soit pas millionnaire, ce serait

pourtant agréable d'avoir une fille baronne !...
Mais cet invalide n'est pas un mari convenable
pour mon Elisabeth...

M. Gerhard fit ses adieux, laissant un beau
cadeau à son filleul ; le baron partit aussi sans
vouloir revoir Élisabeth, afin de ne pas influen-
cer sa décision jusqu'à ce que sa mère se fût
prononcée.

Il ne s'agissait plus d'influence, car dans tous
les conciliabules de famille, à tous les mais, les
pour, les quand, les peut-être, Elisabeth, ordinairement si douce et si soumise, restait ferme
comme un roc, et répondait à toutes les objections :

— Chère maman, tu consentiras, puisque je
suis assurée d'être heureuse !...

On consulta les médecins ; ils furent d'accord
pour dire que le siége de la maladie était impossible à deviner ; mais que probablement cela
provenait du cœur, peut-être seulement des
nerfs. Le baron ne serait jamais fort et bien
portant ; mais il pourrait vivre longtemps,
comme aussi une mort subite pourrait l'enlever
à sa famille.

— Quand je ne serais sa femme qu'un an,

qu'un jour..., je préfère ce bonheur-là à celui
que pourrait me donner tout autre mariage !...

Marie fut bientôt de l'avis de sa sœur.
Dekan faisait des objections par devoir, tandis
que son cœur plaidait la cause de son ami, en
sorte qu'il ne resta plus à Madame Gruber qu'à
donner son consentement. Fut-elle influencée par
le désir ardent de sa fille ou par la perspective
de l'entendre appeler Madame la baronne, personne ne l'a jamais su.

Grande fut la joie de tous les enfants en ap-
prenant cette bonne nouvelle, et en recevant une
invitation formelle de tante Elisabeth de venir
assister à son mariage. Ernest offrit ses félicitations d'une voix plus timide que jamais; il com-
posa alors sa première poésie, que personne ne
lut et qui commençait ainsi :

« Tu t'es évanoui, ô rêve de ma jeunesse ! Mon
œil est redevenu sombre avant que je me fusse
douté de ce qui l'illuminait..... »

Un nouveau jour de noce s'est levé sur la petite
ville de R.

Elisabeth, radieuse et parée comme une blanche apparition, terminait sa toilette sous la direction de Madame Dekan. L'expression sérieuse

répandue sur sa physionomie n'altérait pas son air de parfait bonheur.

— Chère, chère enfant, dit Marie, je bénis Dieu de ta joie; mais ne te figure pas que ta vie sera toute de bonheur...

— Non, pas toute de bonheur, mais toute de bénédiction! répondit Elisabeth.

Et elle descendit près de sa mère.

Encore une fois l'église se remplit d'amis et de curieux, et les commentaires ne manquèrent pas quand les mariés parurent. On les comparait à l'hiver et au printemps, au jour et à la nuit, et chacun se retira avec un sentiment de pitié pour cette jeune et ravissante Elisabeth, sacrifiée à un titre et à une position.

Ordinairement un roman finit avec le mariage de ses héros; mais comme nous n'avons pas la prétention de donner un titre aussi ambitieux à notre simple récit, peut-être nos lecteurs ne seront-ils pas fâchés de suivre nos amis au sortir de l'église et de voir comment un véritable et sérieux amour développa notre Elisabeth si prévenue et si gâtée jusqu'alors.

Jusqu'à présent les médecins ont eu raison; le baron ne s'est pas fortifié, mais sa santé n'est

pas plus mauvaise. Il jouit avec bonheur et reconnaissance des soins tendres et empressés de
sa charmante femme. Jamais elle ne le quitte,
et personne ne sait comme elle le distraire, lui
faire la lecture quand cela lui convient, de la
musique lorsqu'il est abattu, ou bien éloigner les
visites et l'entourer de silence et de bien-être.
Elle ne jette pas un regard de convoitise ou de
regret à ces plaisirs du monde qu'elle a tant
aimés ; son temps, ses pensées sont absorbés par
son mari ; elle vit pour lui et par lui. Nous les
retrouvons aux bains, où la jeune femme est entourée d'hommages et de tentations ; mais tout
cela a perdu son charme et son danger, chacun
l'admire et la respecte, et quand le cousin Gerhard
arrive aux mêmes eaux avec une riche et brillante épouse, la simplicité avec laquelle Elisabeth
se réjouit de son bonheur lui permet enfin de
pardonner à cette folle enfant d'avoir foulé aux
pieds la fortune qu'il lui offrait.

Le baron redoutait le moment de rentrer chez
lui ; mais il ne savait pas encore ce que ce chez-
lui allait devenir sous l'influence de ce trésor que
Dieu lui avait accordé !

Elisabeth avait compris qu'il faut à la vie un
but plus sérieux et plus utile que la musique, la
lecture et des études de fantaisie ; elle résolut
de s'occuper activement des paysans qui l'entou-

raient. Elle rassembla d'abord les enfants, puis
gagnant ainsi la confiance des parents, elle parvint à établir son influence d'une manière incon-
testable. Si son mari ne pouvait pas toujours lui
venir activement en aide, elle trouvait auprès de
lui conseils, directions, et cet inépuisable intérêt
dont elle avait besoin pour seconder ses efforts.

Les soirées étaient consacrées à la plus douce
intimité; lui, le professeur; elle, l'élève; et dans
cet échange de pensées, combien ils se sentaient
heureux!

Et pourtant la vie d'Elisabeth était-elle une
vie de bonheur sans mélange?

Oh! non. A ces jours lumineux succédaient
souvent des jours bien sombres, des nuits d'angoisses passées près du lit de souffrance de Gustave, où il luttait avec la mort. C'était bien lui
qui était son appui, son guide sur le chemin de
l'éternité; mais il y avait aussi des heures où la
souffrance, la faiblesse envahissaient son âme.
Alors la voix aimée de son Elisabeth ne pouvait
parvenir à dissiper son abattement, et quand elle
priait ardemment pour qu'un jour de santé fût
accordé à son bien aimé, et que sa prière n'était
pas exaucée, elle pleurait amèrement, mais ne
perdait pas courage.

Elle ne perdait pas courage; elle se sentait
aimée comme peu de femmes le sont; elle savait

que son mari bénissait Dieu chaque jour de la
lui avoir donnée : et quand venaient ces heures
de sombre tristesse, où l'amour ne pouvait apla-
nir toutes les difficultés, éclairer tous les sen-
tiers, ensemble les deux époux allaient puiser
à la source intarissable de l'Amour éternel;
ils vivaient sous le regard de Dieu, acceptant
humblement les épines qui les blessaient, et regardant à Lui pour sanctifier leurs joies et leurs
douleurs !...

FIN.

TABLE

—

Paris. — Typ. de Ch. Meyrueis et Cᵉ, rue des Grès, 11.

A LA MÊME LIBRAIRIE

Paris. Typ. de Ch. Meyrueis et Cie, rue des Grès, 11.